回忆藏在家乡的味道里

沈从文 等 著

九州出版社
JIUZHOUPRESS

清风暖阳之下

简而美地生活

掩耳不听那尘世喧嚣

感受世间宁静的快乐

在北平，我闭着眼都能走回家。

好，不再说了吧；要落泪了，真想念北平呀！

一进了翠湖，即刻就会觉得浑身轻松下来。

整个晚上，我们凭着一张地图都在说北平。

目录

她们笑了，我们也笑了。

这种笑的滋味，半甜半苦，半喜半悲。

我仿佛触着了世界上一点东西，看明白了这世界上一点东西，心里软和得很。

想北平

老舍

从它里面说，它没有像伦敦的那些成天冒烟的工厂；从外面说，它紧连着园林，菜圃与农村。

设若让我写一本小说，以北平作背景，我不至于害怕，因为我可以捡着我知道的写，而躲开我所不知道的。让我单摆浮搁的讲一套北平，我没办法。北平的地方那么大，事情那么多，我知道的真觉太少了，虽然我生在那里，一直到廿七岁才离开。以名胜说，我没到过陶然亭，这多可笑！以此类推，我所知道的那点只是"我的北平"。而我的北平大概等于牛的一毛。

　　可是，我真爱北平。这个爱几乎是要说而说不出的。我爱我的母亲。怎样爱？我说不出。在我想做一件讨她老人家喜欢的时候，我独自微微地笑着；在我想到她的健康而不放心的时候，我欲落泪。言语是不够表现我的心情的，只有独自微笑或落泪才足以把内心揭露在外面一些来。我之爱北平也近乎这个。夸奖这个古城的某一点是容易的，可是那就把北平看得太小了。我所爱的北平不是枝枝节节的一些什么，而是整个儿与我的心灵相粘合的一段历史，一大块地方，多少风景名胜，从雨后什刹海的蜻蜓一直到我梦里的玉泉山的塔影，都积凑到一块，每一小的事件中有个我，我的每一思念中有个北平，这只有说不出而已。

真愿成为诗人，把一切好听好看的字都浸在自己的心血里，像杜鹃似的啼出北平的俊伟。啊！我不是诗人！我将永远道不出我的爱，一种像由音乐与图画所引起的爱。这不但是辜负了北平，也对不住我自己，因为我的最初的知识与印象都得自北平，它是在我的血里，我的性格与脾气里有许多地方是这古城所赐给的。我不能爱上海与天津，因为我心中有个北平。可是我说不出来！

伦敦，巴黎，罗马与堪司坦丁堡，曾被称为欧洲的四大"历史的都城"。我知道一些伦敦的情形；巴黎与罗马只是到过而已；堪司坦丁堡根本没有去过。就伦敦，巴黎，罗马来说，巴黎更近似北平——虽然"近似"两字要拉扯得很远——不过，假使让我"家住巴黎"，我一定会和没有家一样地感到寂苦。巴黎，据我看，还太热闹。自然，那里也有空旷静寂的地方，可是又未免太旷；不像北平那样既复杂而又有个边际，使我能摸着——那长着红酸枣的老城墙！面向着积水潭，背后是城墙，坐在石上看水中的小蝌蚪或苇叶上的嫩蜻蜓，我可以快乐地坐一天，心中完全安适，无所求也无可怕，像小儿安睡在摇篮里。是的，北平也有热闹的地方，但是它和太极拳相似，动中有静。巴黎有许多地方使人疲乏，所以咖啡与酒是必要的，以便刺激；在北平，有温和的香片茶就够了。

论说巴黎的布置已比伦敦罗马匀调的多了，可是比上北平还差点事儿。北平在人为之中显出自然，几乎是什么地方既不挤得慌，又不太僻静：最小的胡同里的房子也有院子与树；最空旷的地方也离买卖街与住宅区不远。这种分配法可以算——在我的经验中——天下第一了。北平的好处不在处处设备得完全，而在它处处有空儿，可以使人自由地喘气；不在有好些美丽的建筑，而在建筑的四围都有空闲的地方，使它们成为美景。每一个城楼，每一个牌楼，都可以从老远就看见。况且在街上还可以看见北山与西山呢！

好学的，爱古物的，人们自然喜欢北平，因为这里书多古物多。我不好学，也没钱买古物。对于物质上，我却喜爱北平的花多菜多果子多。花草是种费钱的玩意，可是此地的"草花儿"很便宜，而且家家有院子，可以花不多的钱而种一院子花，即使算不了什么，可是到底可爱呀。墙上的牵牛，墙根的靠山竹与草茉莉，是多么省钱省事而也足以招来蝴蝶呀！至于青菜，白菜，扁豆，毛豆角，黄瓜，菠菜等等，大多数是直接由城外担来而送到家门口的。雨后，韭菜叶上还往往带着雨时溅起的泥点。青菜摊子上的红红绿绿几乎有诗似的美丽。果子有不少是由西山与北山来的，西山的沙果，海棠，北山的黑枣，柿子，进了城还带着一层白霜儿呀！哼，美国的橘子包着纸，遇到北平的带霜儿的玉李，还不愧杀！

是的，北平是个都城，而能有好多自己产生的花，菜，水果，这就使人更接近了自然。从它里面说，它没有像伦敦的那些成天冒烟的工厂；从外面说，它紧连着园林，菜圃与农村。采菊东篱下，在这里，确是苟以悠然见南山的；大概把"南"字变个"西"或"北"，也没有多少了不得的吧。像我这样的一个贫寒的人，或者只有在北平能享受一点清福了。

好，不再说了吧；要落泪了，真想念北平呀！

蓝布褂儿

林海音

哪条街上有个女子中学，那条街就显得活泼和快乐，那是女学生的青春气息烘托出来的。

竹布褂儿，黑裙子，北平的女学生。

一位在南方生长的画家，有一年初次到北平。住了几天之后，他说，在上海住了这许多年，画了这许多年，他不喜欢一切蓝颜色的布。但是这次到了北平，竟一下子改变了他的看法，蓝色的布是那么可爱，北平满街骑车的女学生，穿了各种蓝色的制服，是那么可爱！

刚一上中学时，最高兴的是换上了中学女生的制服，夏天的竹布褂，是月白色——极浅极浅的蓝，烫得平平整整；下面是一条短齐膝盖头的印度绸的黑裙子，长筒麻纱袜子，配上一双刷得一干二净的篮球鞋。用的不是手提的书包，而是把一叠书用一条捆书带捆起来。短头发，斜分，少的一边撩在耳朵后，多的一边让它半垂在鬓边，快盖住半只眼睛了。三五成群，或骑车或走路。哪条街上有个女子中学，那条街就显得活泼和快乐，那是女学生的青春气息烘托出来的。

北平女学生冬天穿长棉袍，外面要罩一件蓝布大褂，这回是深蓝色。谁穿新大褂每人要过来打三下，这是规矩。但是那洗得起了白碴儿的旧衣服也很好，因为它们是老伙伴，穿着也合身。记得要上体育课的日子吗？棉袍下面露出半截白色剔绒的长运动裤来，实在是很难看，但是因为人人这么穿，也就不觉得丑了。

阴丹士林布出世以后，女学生更是如狂地喜爱它。阴丹士林本是人造染料的一种名称，原有各种颜色，但是人们嘴里常常说的"阴丹士林色"多是指的青蓝色。它的颜色比其他布更为鲜亮，穿一件阴丹士林大褂，令人觉得特别干净、平整。比深蓝浅些的"毛蓝"色，我最喜欢，夏秋或春夏之交，总是穿这个颜色的。

事实上，蓝布是淳朴的北方服装特色。在北平住的人，不分年龄、性别、职业、阶级，一年四季每人都有几件蓝布服装。爷爷穿着缎面的灰鼠皮袍，外面罩着蓝布大褂；妈妈的绸里绸面的丝棉袍外面，罩的是蓝布大褂；店铺柜台里的掌柜的，穿的布棉袍外面，罩的也是蓝布大褂，头上还扣着瓜皮小帽；教授穿的蓝布大褂的大襟上，多插了一支自来水笔，头上是藏青色法国小帽，学术气氛！

阴丹士林布做成的衣服，洗几次之后，缝线就变成很明显的白色了，那是因为阴丹士林布不褪色而线褪色的缘故。这可以证明衣料确是阴丹士林布，但却不知为什么一直没有阴丹士林线，忽然想起守着窗前方桌上缝衣服的大姑娘来了。一次订婚失败而终身未嫁的大姑娘，便以给人缝衣服，靠微薄的收入，养活自己和母亲。我们家姊妹多，到了秋深添制衣服的时候，妈妈总是买来大量的阴丹士林布，宋妈和妈妈两人做不来，总要叫我去把大姑娘找来。到了大姑娘家，大姑娘正守着窗儿缝衣服，她的老妈妈驼着背，咳嗽着，在屋里的小煤球炉上烙饼呢！

大姑娘到了我家里，总要待一下午，妈妈和她商量裁剪，因为孩子们是一年年地长高了。然后她抱着一大包裁好了的衣服回去赶做。

那年离开北平经过上海，住在娴的家里等船。有一天上街买东西，我习惯地穿着蓝布大褂，但是她却教我换一件呢旗袍，因为穿了蓝布大褂上街买东西，会受店员歧视。在只认衣裳不认人的"洋场"，"自取其辱"是没人同情的啊！

文津街

林海音

后来每逢过文津街，便兴起那思古的幽情，恐怕和幼小心灵中所刻印下来的那几次历史凭吊，很有关系吧！

常自夸说，在北平，我闭着眼都能走回家，其实，手边没有一张北平市区图，有些原来熟悉的街道和胡同，竟也连不起来了。只是走过那些街道所引起的情绪，却是不容易忘记的。就说，冬日雪后初晴，路过架在北海和中海的金鳌玉蝀桥吧，看雪盖满在桥两边的冰面上，一片白，闪着太阳的微微的金光，漪澜堂到五龙亭的冰面上，正有人穿着冰鞋滑过去，飘逸优美的姿态，年轻同伴的朝气和快乐，觉得虽在冬日，也因这幅雪漫冰面的风景，不由得引发起我活跃的心情，赶快回家去，取了冰鞋也来滑一会儿！

在北平的市街里，很喜欢傍着旧紫禁城一带的地方，蔚蓝晴朗的天空下，看朱红的墙；因为唯有在这一带才看得见。家住在南长街的几年，出门时无论是要到东、西、南、北城去，都会看见这样朱红的墙。要到东北的方向去，洋车就会经过北长街转向东去，到了文津街了，故宫的后门，对着景山的前门，是一条皇宫的街，总是静静的，没有车马喧哗，引发起的是思古之幽情。

景山俗称煤山，是在神武门外旧宫城的背面，很少人到这里来逛，人们都涌到附近的北海去了。就像在中山公园隔壁的太庙一样，黄昏时，人们都挤进中山公园乘凉，太庙冷清清的；只有几个不嫌寂寞的人，才到太庙的参天古松下品茗，或者静默地观看那几只灰鹤（人们都挤在中山公园里看孔雀开屏了）。

　　景山也实在没有什么可"逛"的，山有五峰，峰各有亭，站在中峰上，可以看故宫平面图，倒是有趣的，古建筑很整齐庄严，四个角楼，静静地站在暮霭中，皇帝没有了，他的卧室，他的书房，他的一切，凭块儿八毛的门票就可以一览无遗了。

　　做小学生的时候，高年级的旅行，可以远到西山八大处，低年级的就在城里转，景山是目标之一，很小很小的时候，就年年一次排队到景山去，站在刚上山坡的那棵不算高大的树下，听老师讲解：一个明朝末年的皇帝——思宗，他殉国死在这棵树上。怎么死的？上吊。啊！一个皇帝上吊了！小学生把这件事紧紧地记在心中。后来每逢过文津街，便兴起那思古的幽情，恐怕和幼小心灵中所刻印下来的那几次历史凭吊，很有关系吧！

骑毛驴儿逛白云观

林海音

白云观事实上没有什么可逛的，我每年去的主要的目的是过过骑毛驴儿的瘾。

很久不去想北平了，因为回忆的味道有时很苦。我的朋友琦君却说："如果不教我回忆，我宁可放下这支笔！"因此编辑先生就趁年打劫，各处拉人写回忆稿。她知道我在北平住的时候，年年正月要骑毛驴儿逛一趟白云观，就以此为题，让我写写白云观。

　　白云观事实上没有什么可逛的，我每年去的主要的目的是过过骑毛驴儿的瘾。在北方常见的动物里，小毛驴儿和骆驼，是使我最有好感的。北方的乡下人，无论男女都会骑驴，因为它是主要的交通工具。我弟弟的奶妈的丈夫，年年骑了小毛驴儿来我家，给我们带了他的乡下的名产醉枣来，换了奶妈这一年的工钱回去。我的弟弟在奶妈的抚育下一年年的长大了，奶妈却在这些年里连续失去了她自己的一儿一女。她最后终于骑着小毛驴儿被丈夫接回乡下去了，所以我想起小毛驴儿，总会想起那些没有消息的故人。

　　骑毛驴儿上白云观也许是比较有趣的回忆，让我先说说白云观是个什么地方。

白云观是个道教的庙宇，在北平西便门外二十里的地方。白云观的建筑据说在元太祖时代就有，那时叫太极宫，后来改名长春宫，里面供了一位邱真人塑像，他的号就叫长春子。这位真人据说很有道行，无论有关政治，或日常生活各方面，曾给元太祖很多很好的意见。那时元太祖正在征西，天天打仗，他就对元太祖说，想要统一天下，是不能以杀人为手段的。元太祖问他治国的方法，他说要以敬天爱民为本。又问他长生的方法，他说以清心寡欲为最要紧。元太祖听了很高兴，赐号"神仙"，封为"太宗师"，请他住在太极宫里，掌管天下的道教。据说他活到八十岁才成仙而去。在白云观里，邱真人的像是白皙无须眉。

现在再说说我怎么骑小驴儿逛白云观。

白云观随时可去，但是不到大年下，谁也不去赶热闹。到了正月，北平的宣武门脸儿，就聚集了许多赶小毛驴儿的乡下人。毛驴儿这时也过新年，它的主人把它打扮得脖子上挂一串铃子，两只驴耳朵上套着彩色的装饰，驴背上铺着厚厚的垫子，挂着脚镫子。技术好的客人，专挑那调皮的小驴儿，跑起来才够刺激。我虽然也喜欢一点儿刺激，但是我的骑术不佳，所以总是挑老实的骑。同时不肯让驴儿撒开的跑，却要驴夫紧跟着我。小驴儿再老实，也有它的好胜心，看见同伴们都飞奔而去，它也不肯落后，于是开始在后面快步跑。我起初还拉着缰绳，"得得得"地乱喊一阵，好像很神气。渐渐地不安于鞍，不由得叫喊起来。虽然赶脚的安慰我说："您放心，它跑得再稳不过。"但是还是要他帮着把驴拉着。碰上了我这样的客人，连驴夫都觉得没光彩，因为他失去表演快驴的机会。

到了白云观，付了驴夫钱，便随着逛庙的人潮往里走。白云观，当年也许香火兴旺过，但是到了几百年后的民国，虽然名气很大，但是建筑已经很旧，谈不上庄严壮丽了。在那大门的石墙上，刻着一个小猴儿，进去的游客，都要用手去摸一摸那石猴儿，据说是为新正的吉利。那石猴儿被千千万万人摸过，黑脏油亮，不知藏了多少细菌，真够恶心的！

进了大门的院子，要经过一道小石桥，白云观的精华，就全在这座石桥洞里了。原来下面桥洞里盘腿坐着一位纹风不动的老道，面前挂着一个数尺直径的大制钱，钱的方洞中间再悬一个铜铃。游客用当时通用的铜币向银铃扔打，说是如果打中了会交好运，这叫作——"打金钱眼"。但是你打中的机会，是太少太少了。所以只听见铜子儿叮叮当当落在桥底。老道的这种敛钱的方法，也真够巧妙的了。

打完金钱眼，再向里走，院子里有各式各样的地摊儿，最多的是"套圈儿"，这个游戏像打金钱眼一样，一个个藤圈儿扔出去，什么也套不着，白花钱。最实惠的还是到小食摊儿上去吃点什么。灌肠、油茶，都是热食物，骑驴吸了一肚子凉风，吃点热东西最舒服。

最后是到后面小院子里的老人堂去参观，几间房里的炕上，盘腿坐着几位七老八十的老道。旁边另有仿佛今天我们观光术语说的"导游"的老道，在报着他们的岁数，八十四，九十六，一百〇二，游客听了肃然起敬，有当场掏出敬老金的。这似乎是告诉游人，信了道教就会长生，但是看见他们奄奄一息的样子，又使人感到生趣索然了。

白云观庙会在正月十八"会神仙"的节目完了以后，就明年见了。"神仙"怎么个会法，因为我只骑过毛驴儿而没会过神仙，所以也就无从说起了！

一张地图

林海音

整个晚上，我们凭着一张地图都在说北平。客人走后，家人睡了，我又独自展开了地图，细细地看着每条街，每条胡同。

瑞君、亦穆夫妇老远地跑来了，一进门瑞君就快乐而兴奋地说：

"猜，给你带什么来了？"

一边说着，她打开了手提包。

我无从猜起，她已经把一叠纸拿出来了：

"喏！"她递给了我。

打开来，啊！一张崭新的北平全图！

"希望你看了图，能把文津街，景山前街连起来，把东西南北方向也弄清楚。"

"已经有细心的读者告诉我了，"我惭愧（但这个惭愧是快乐的）地说，"并且使我在回忆中去了一次北平图书馆和北海前面的团城。"

在灯下，我们几个头便挤在这张地图上，指着，说着。熟悉的地方，无边的回忆。

"喏，"瑞妹说，"曾在黄化门住很多年，北城的地理我才熟。"

于是她说起黄化门离帘子库很近，她每天上学坐洋车，都是坐停在帘子库的老尹的洋车。老尹当初是前清帘子库的总管，现在可在帘子库门口拉洋车。她们坐他的车，总喜欢问他哪一个门是当初的帘子库，皇宫里每年要用多少帘子？怎么个收藏法？他也得意地说给她们听，温习着他那些一去不回的老日子。

在北平，残留下来的这样的人物和故事，不知有多少。我也想起在我曾工作过的大学里的一个人物。校园后的花房里，住着一个"花儿把式"（新名词：园丁。说俗点儿：花儿匠），他镇日与花为伍，花是他的生命。据说他原是清皇室的一位公子哥儿，生平就爱养花，不想民国后，面对现实生活，他落魄得没办法，最后在大学里找到一个园丁的工作，总算是花儿给了他求生的路子，虽说惨，却也有些诗意。

整个晚上，我们凭着一张地图都在说北平。客人走后，家人睡了，我又独自展开了地图，细细地看着每条街，每条胡同，回忆是无法记出详细年月的，常常会由一条小胡同，一个不相干的感触，把思路牵回到自己的童年，想起我的住室，我的小床，我的玩具和伴侣……一环跟着一环，故事既无关系，年月也不衔接，思想就是这么个奇妙的东西。

第二天晏起了，原来就容易发疼的眼睛，因为看太久那细小的地图上的字，就更疼了！

枸杞树

季羡林

对着它，我描画着自己种种涂着彩色的幻象。我把我的童稚的幻想，拴在这苍老的枝干上。

在不经意的时候，一转眼便会有一棵苍老的枸杞树的影子飘过。这使我困惑。最先是去追忆：什么地方我曾看见这样一棵苍老的枸杞树呢？是在某处的山里么？是在另一个地方的一个花园里么？但是，都不像。最后，我想到才到北平时住的那个公寓；于是我想到这棵苍老的枸杞树。

　　我现在还能很清晰地温习一些事情：我记得初次到北平时，在前门下了火车以后，这古老都市的影子，便像一个秤锤，沉重地压在我的心上。我迷惘地上了一辆洋车，跟着木屋似的电车向北跑。远处是红的墙，黄的瓦。我是初次看到电车的；我想，"电"不是很危险吗？后面的电车上的脚铃响了；我坐的洋车仍然在前面悠然地跑着。我感到焦急，同时，我的眼仍然"如入山阴道上，应接不暇"，我仍然看到，红的墙，黄的瓦。终于，在焦急，又因为初踏入一个新的境地而生的迷惘的心情下，折过了不知多少满填着黑土的小胡同以后，我被拖到西城的某一个公寓里去了。我仍然非常迷惘而有点儿近于慌张，眼前的一切都仿佛给一层轻烟笼罩起来似的。我看不清院子里有什么东西，我甚至也没有看清我住的小屋。黑夜跟着来了，我便糊里糊涂地睡下去，做了许许多多离奇古怪的梦。

虽然做了梦，但是却没有能睡得很熟。刚看到窗上有点发白，我就起来了。因为心比较安定了一点儿，我才开始看得清楚：我住的是北屋，屋前的小院里，有不算小的一缸荷花，四周错落地摆了几盆杂花。我记得很清楚：这些花里面有一棵仙人头，几天后，还开了很大的一朵白花，但是最惹我注意的，却是靠墙长着的一棵枸杞树，已经长得高过了屋檐，枝干苍老钩曲，像千年的古松，树皮皱着，色是黝黑的，有几处已经开了裂。幼年在故乡的时候，常听人说，枸杞树是长得非常慢的，很难成为一棵树。现在居然有这样一棵虬干的老枸杞树站在我面前，真像梦；梦又掣开了轻渺的网，我这是站在公寓里么？于是，我问公寓的主人，这枸杞有多大年龄了，他也渺茫：他初次来这里开公寓时，这树就是现在这样，三十年来，没有多少变动。这更使我惊奇，我用惊奇的眼光注视着这苍老的枝干在沉默着，又注视着接连着树顶的蓝蓝的长天。

就这样，我每天看书乏了，就总到这棵树底下徘徊。在细弱的枝条上，蜘蛛结了网，间或有一片树叶儿或苍蝇蚊子之流的尸体粘在上面。在有太阳或灯光照上去的时候，这小小的网也会反射出细弱的清光来。倘若再走近一点儿，你又可以看到许多叶上都爬着长长的绿色的虫子，在爬过的叶上留了半圆的缺口。就在这有着缺口的叶片上，你可以看到各样的斑驳陆离的彩痕。对了这彩痕，你可以随便想到什么东西：想到地图，想到水彩画，想到被雨水冲过的墙上的残痕，再玄妙一点儿，想到宇宙，想到有着各种彩色的迷离的梦影。这许许多多的东西，都在这小的叶片上呈现给你。当你想到地图的时候，你可以任意指定一个小的黑点，算作你的故乡。再大一点儿的黑点儿，算作你曾游过的湖或山，你不是也可以在你心的深处浮起点儿温热的感觉么？这苍老的枸杞树就是我的宇宙。不，这叶片就是我的全宇宙。我替它把长长的绿色的虫子拿下来，摔在地上。对着它，我描画着自己种种涂着彩色的幻象。我把我的童稚的幻想，拴在这苍老的枝干上。

在雨天，牛乳色的轻雾给每件东西涂上一层淡影。这苍黑的枝干更显得黑了。雨住了的时候，有一两个蜗牛在上面悠然地爬着，散步似的从容。蜘蛛网上残留的雨滴，静静地发着光。一条虹从北屋的脊上伸展出去，像拱桥不知伸到什么地方去了。这枸杞的顶尖就正顶着这桥的中心。不知从什么地方来的阴影，渐渐地爬过了西墙。墙隅的蜘蛛网，树叶浓密的地方仿佛把这阴影捉住了一把似的，渐渐地黑起来。只剩了夕阳的余晖返照在这苍老的枸杞树的圆圆的顶上，淡红的一片，焰耀着，俨然如来佛头顶上金色的圆光。

以后，黄昏来了，一切角隅皆为黄昏所占领了。我同几个朋友出去到西单一带散步。穿过了花市，晚香玉在薄暗里发着幽香。不知在什么时候，什么地方，我曾读过一句诗："黄昏里充满了木樨花的香。"我觉得很美丽。虽然我从来没有闻到过木樨花的香，虽然我明知道现在我闻到的是晚香玉的香。但是我总觉得我到了那种缥缈的诗意的境界似的。在淡黄色的灯光下，我们摸索着转近了幽黑的小胡同，走回了公寓。这苍老的枸杞树只剩下了一团凄迷的影子，靠北墙站着。

跟着来的是个长长的夜。我坐在窗前读着预备考试的功课。大头尖尾的绿色小虫，在糊了白纸的玻璃窗外有所寻觅似的撞击着。不一会儿，一个从缝里挤进来了，接着又一个，又一个。成群地围着灯飞。当我听到卖"玉米面饽饽"戛长的永远带点儿寒冷的声音，从远处的小巷里越过了墙飘了过来的时候，我便捻熄了灯睡下去。于是又开始了同蚊子和臭虫的争斗。在静静的长夜里，忽然醒了，残梦仍然压在我心头，倘若我听到又有窸窣的声音在这棵苍老的枸杞树周围，我便知道外面又落了雨。我注视着这神秘的黑暗，我描画给自己：这枸杞树的苍黑的枝干该更黑了罢；那只蜗牛有所趋避该匆匆地在向隐僻处爬去罢；小小的圆的蜘蛛网，该又捉住雨滴了罢；这雨滴在黑夜里能不能静静地发着光呢？我做着天真的童话般的梦。我梦到了这棵苍老的枸杞树——这枸杞树也做梦么？第二天早晨起来，外面真的还在下着雨。空气里充满了清新的沁人心脾的清香。荷叶上顶着珠子似的雨滴，蜘蛛网上也顶着，静静地发着光。

在如火如荼的盛夏转入初秋的澹远里去的时候，我这种诗意的，又充满了稚气的生活，终于不能继续下去。我离开这公寓，离开这苍老的枸杞树，移到清华园里来，到现在差不多四年了。这园子素来是以水木著名的。春天里，满园里怒放着红的花，远处看，红红的一片火焰。夏天里，垂柳拂着地，浓翠扑上人的眉头。红霞般的爬山虎给冷清的深秋涂上一层凄艳的色彩。冬天里，白雪又把这园子安排成为一个银的世界。在这四季，又都有西山的一层轻渺的紫气，给这园子添了不少的光辉。这一切颜色：红的，翠的，白的，紫的，混合地涂上了我的心，在我心里幻成一副绚烂的彩画。我做着红色的，翠色的，白色的，紫色的，各样颜色的梦。论理说起来，我在西城的公寓做的童话般的梦，早该被挤到不知什么地方去了。但是，我自己也不了解，在不经意的时候，总有一棵苍老的枸杞树的影子飘过。飘过了春天的火焰似的红花；飘过了夏天的垂柳的浓翠；飘过了红霞似的爬山虎，一直到现在，是冬天，白雪正把这园子装成银的世界。混合了氤氲的西山的紫气，静定在我的心头。在一个浮动的幻影里，我仿佛看到：有夕阳的余晖返照在这棵苍老的枸杞树的圆圆的顶上，淡红的一片，熠耀着，像如来佛头顶上的金光。

忆孩时

杨绛

我早已无父无母，姊妹兄弟也都没有了，独在灯下，写完这篇《回忆》，还痴痴地回忆又回忆。

回忆我的母亲

我曾写过《回忆我的父亲》、《回忆我的姑母》，我很奇怪，怎么没写《回忆我的母亲》呢？大概因为接触较少。小时候妈妈难得有工夫照顾我。而且我总觉得，妈妈只疼大弟弟，不喜欢我，我脾气不好。女佣们都说："四小姐最难伺候。"其实她们也有几分欺我。我的要求不高，我爱整齐，喜欢裤脚扎得整整齐齐，她们就是不依我。

我妈妈忠厚老实，绝不敏捷。如果受了欺侮，她往往并不感觉，事后才明白，"哦，她（或他）在笑我"，或"哦，他（或她）在骂我"。但是她从不计较，不久都忘了。她心胸宽大，不念旧恶，所以能和任何人都和好相处，一辈子没一个冤家。

妈妈并不笨，该说她很聪明。她出身富商家，家里也请女先生教读书。她不但新旧小说都能看，还擅长女工。我出生那年，爸爸为她买了一台胜家名牌的缝衣机。她买了衣料自己裁，自己缝，在缝衣机上缝，一忽儿就做出一套衣裤。妈妈缝纫之余，常爱看看小说，旧小说如《缀白裘》，她看得吃吃地笑。看新小说也能领会各作家的风格，例如看了苏梅的《棘心》，又读她的《绿天》，就对我说："她怎么学着苏雪林的《绿天》的调儿呀？"我说："苏梅就是苏雪林啊！"她看了冰心的作品后说，她是名牌女作家，但不如谁谁谁。我觉得都恰当。

妈妈每晚记账，有时记不起这笔钱怎么花的，爸爸就夺过笔来，写"糊涂账"，不许她多费心思了。但据爸爸说，妈妈每月寄无锡大家庭的家用，一辈子没错过一天。这是很不容易的，因为她是个忙人，每天当家过日子就够忙的。我家因爸爸的工作没固定的地方，常常调动，从上海调苏州，苏州调杭州，杭州调回北京，北京又调回上海。

我爸爸厌于这类工作，改行做律师了。做律师要有个事务所，就买下了一所破旧的大房子。妈妈当然更忙了。接下来日寇侵华，妈妈随爸爸避居乡间，妈妈得了恶疾，一病不起，我们的妈妈从此没有了。

我想念妈妈，忽想到怎么我没写一篇《回忆我的母亲》啊？

我早已无父无母，姊妹兄弟也都没有了，独在灯下，写完这篇《回忆》，还痴痴地回忆又回忆。

三姊姊是我"人生的启蒙老师"

我三姐姐大我五岁，许多起码的常识都是三姐讲给我听的。

三姐姐一天告诉我："有一桩可怕极了，可怕极了的事，你知道吗？"她接着说，每一个人都得死；死，你知道吗？我当然不知道，听了很害怕。三姐姐安慰我说，一个人要老了才死呢！

我忙问："爸爸妈妈老了吗？"

三姐说："还远没老呢。"

我就放下心，把三姊的话全忘了。

三姐姐又告诉我一件事，她说："你老希望早上能躺着不起床，我一个同学的妈妈就是成天躺在床上的，可是并不舒服，很难受，她在生病。"从此我不羡慕躺着不起来的人了，躺着不起来的是病人啊。

老、病、死，我算是粗粗地都懂了。人生四苦："生老病死"。老、病、死，姐姐都算懂一点了，可是"生"有什么可怕呢？这个问题可大了，我曾请教了哲学家、佛学家。众说不一，我至今该说我还没懂呢。

太先生

我最早的记忆是爸爸从我妈妈身边抢往客厅，爸爸在我旁边说，我带你到客厅去见个客人，你对他行个鞠躬礼，叫一声"太先生"。

我那时大约四五岁，爸爸把我放下地，还挽着我的小手呢，我就对客人行了个鞠躬礼，叫了声"太先生"。我记得客厅里还坐着个人，现在想来，这人准是爸爸的族叔（我称叔公）杨景苏，号志洵，是胡适的老师。胡适说："自从认了这位老师，才开始用功读书。"景苏叔公与爸爸经常在一起，他们是朋友又是一家人。

我现在睡前常翻翻旧书，有兴趣的就读读。我翻看孟森著作的《明清史论著集刊》上下册，上面有锺书圈点打"√"的地方，都折着角，我把折角处细读，颇有兴趣。忽然想起这部论著的作者名孟森，不就是我小时候对他曾行鞠躬礼，称为"太先生"的那人吗？他说的是常州话，我叔婆是常州人，所以我知道他说的是常州话，而和爸爸经常在一处的族叔杨志洵却说无锡话。我恨不能告诉锺书我曾见过这位作者，还对他行礼称"太先生",可是我无法告诉锺书了,他已经去世了。我只好记下这件事,并且已经考证过,我没记错。

五四运动

1919年五四运动,现称青年节。当时我八岁,身在现场。现在想来,五四运动时身在现场的,如今只有我一人了。当时想必有许多中外记者,但现在想来,必定没有活着的了。作为一名记者,至少也得二十岁左右吧?将近一百二十岁,谁还活着呢?

闲话不说,只说说我当时身经的事。

那天上午,我照例和三姐姐合乘一辆包车到辟才胡同女师大附属小学上课。这天和往常不同,马路上有许多身穿竹布长衫、胸前右侧别一个条子的学生。我从没见过那么高大的学生。他们在马路上跑来跑去,不知在忙什么要紧事,当时我心里纳闷,却没有问我三姐姐,反正她也不会知道。

下午四点回家,街上那些大学生不让我们的包车在马路上走,给赶到阳沟对岸的泥土路上去了。

这条泥土路,晴天全是尘土,雨天全是烂泥,老百姓家的骡车都在这条路上走。旁边是跪在地下等候装货卸货的骆驼。

马路两旁泥土路的车辆，一边一个流向，我们的车是逆方向，没法前进，我们姐妹就坐在车里看热闹。只见大队学生都举着小旗子，喊着口号："打倒日本帝国主义！""抵制日货！（坚持到底）""劳工神圣！""恋爱自由！"（我不识恋字，读成"变"）一队过去，又是一队。我和姐姐坐在包车里，觉得没什么好看，好在我们的包车停在东斜街附近，我们下车走几步路就到家了，爸爸妈妈正在等我们回家呢。

张勋复辟

张勋复辟是民国六年的事。我和民国同年，六岁了，不是小孩子了，记得很清楚。

当时谣传张勋的兵专要抢劫做官人家，做官人家都逃到天津去，那天从北京到天津的火车票都买不到了。

但外国人家门口有兵看守，不得主人许可，不能入门。爸爸有个外国朋友名Bolton（波尔登），爸爸和他通电话，告诉他目前情况，问能不能到他家去避居几天。波尔登说："快来吧，我这里已经有几批人来了。"

当时我三姑母（杨荫榆）一人在校（那时已放暑假），她心里害怕，通电话问妈妈能不能也让她到波尔登家去。妈妈就请她饭后早点来，带了我先到波尔登家去。

　　妈妈给我换上我最漂亮的衣裳，一件白底红花的单衫，我穿了到万牲园（现称动物园）去想哄孔雀开屏的。三姑母是乘了黄包车到我家的，黄包车还在大门外等着我们呢。三姑母抱我坐在她身边。到了一个我从没到过的人家，熟门熟路地就往里走，一手挽着我。她到了一个外国人的书房里，笑着和外国人打了个招呼，就坐下和外国人说外国话，一面把我抱上一张椅子，就不管我了。那外国人有一部大菱角胡子，能说一口地道的中国话。他说："小姑娘今晚不回家了，住在我家了。"我不知是真是假，心里很害怕，而且我个儿小，坐椅子上两脚不能着地，很不舒服。

　　好不容易等到黄昏时分，看见爸爸妈妈都来了，他们带着装满箱子的几辆黄包车，藏明（我家的老佣人）抱着他宝贝的七妹妹，藏妈（藏明的妻子）抱着她带的大弟宝昌，三姐姐挽着小弟弟保俶（他的奶妈没有留下，早已辞退）。好大一家人都来了。这时三姑母却不见了，跟着爸爸妈妈等许多人都跑到后面不知哪里去了，我一人站在过道里，吓得想哭又不敢哭。等了好一会，才看见三姐姐和我家的小厮阿袁来了（"小厮"就是小当差的，现在没什么"小厮"了）。三姐姐带我到一个小院子里，指点着说："咱们住在这里。"

我看见一个中国女人在那儿的院子里洗脸，她把洗脸布打湿了把眉毛左右一分。我觉得很有道理，以后洗脸也要学她了。三姐姐把我衣角牵牵，我就跟她走进一间小小的客厅，三姐姐说："你也这么大了，怎么这样不懂规矩，光着眼睛看人，好意思吗？"我心里想，这种女人我知道，上不上，下不下，是那种"搭脚阿妈"，北京人所谓"上炕的老妈子"，但是三姐姐说的也不错，我没为自己分辩。

那间小客厅里面搭着一张床，床很狭，容不下两个人，我就睡在炕几上，我个儿小，炕几上睡正合适。

至于那小厮阿袁呢，他当然不能和我们睡在同一间屋里。他只好睡在走廊栏杆的木板上，木板上躺着很不舒服，动一动就会滚下来。

阿袁睡了两夜，实在受不了。而且伙食愈来愈少，大家都吃不饱。阿袁对三姐说，"咱们睡在这里，太苦了，何必呢？咱们回家去多好啊，我虽然不会做菜，烙一张饼也会，咱们还是回家吧。"

三姐和我都同意，回到家里，换上家常衣服，睡在自己屋里，多舒服啊！

阿袁一人睡在大炕上，空落落的大房子，只他一人睡个大炕，他害怕得不得了。他打算带几张烙饼，重回外国人家。

忽然听见噼噼啪啪的枪声，阿袁说，"不好了，张勋的兵来了，还回到外国人家去吧。"我们姊妹就跟着阿袁逃，三人都哈着腰，免得中了流弹。逃了一半，觉得四无人声，站了一会，我们就又回家了。爸爸妈妈也回家了，他们回家前，问外国人家我们姊妹哪儿去了。外国人家说，他们早已回家了。但是爸爸妈妈得知我们在张勋的兵开枪时，正在街上跑，那是最危险的时刻呀，我们姊妹正都跟着阿袁在街上跑呢，爸爸很生气。阿袁为了老爷教他读书识字，很苦恼，很高兴地离了我们家。

蹲在洋车上

萧红

所以后来，无论祖父对我怎样疼爱，心里总是生着隔膜，我不同意他打洋车夫。

看到了乡巴佬坐洋车，忽然想起一个童年的故事。

当我还是小孩的时候，祖母常常进街。我们并不住在城外，只是离市镇较偏的地方罢了！有一天，祖母又要进街，命令我：

"叫你妈妈把斗风给我拿来！"

那时因为我过于娇惯，把舌头故意缩短一些，叫斗篷作斗风，所以祖母学着我，把风字拖得很长。

她知道我最爱惜皮球，每次进街的时候，她问我：

"你要些什么呢？"

"我要皮球。"

"你要多大的呢？"

"我要这样大的。"

我赶快把手臂拱向两面，好像张着的鹰的翅膀。大家都笑了！祖父轻动着嘴唇，好像要骂我一些什么话，因我的小小的姿势感动了他。

祖母的斗篷消失在高烟囱的背后。

等她回来的时候，什么皮球也没带给我，可是我也不追问一声：

"我的皮球呢？"

因为每次她也不带给我；下次祖母再上街的时候，我仍说是要皮球，我是说惯了，我是熟练而惯于作那种姿势。

祖母上街尽是坐马车回来，今天却不是，她睡在仿佛是小槽子里，大概是槽子装置了两个大车轮。非常轻快，雁似的从大门口飞来，一直到房门。在前面挽着的那个人，把祖母停下，我站在玻璃窗里，小小的心灵上，有无限的奇秘冲着我。我以为祖母不会从那里头走出来，我想祖母为什么要被装进槽子里呢？我渐渐惊怕起来，我完全成个呆气的孩子，把头盖顶住玻璃，想尽方法理解我所不能理解的那个从来没有见过的槽子。

很快我领会了！见祖母从口袋里拿钱给那个人，并且祖母非常兴奋，她说叫着，斗篷几乎从她的肩上脱溜下去！

"呵！今天我坐的东洋驴子回来的，那是过于安稳呀！还是头一次呢，我坐过安稳的车子！"

祖父在街上也看见过人们所呼叫的东洋驴子，妈妈也没有奇怪。只是我，仍旧头皮顶撞在玻璃那儿，我眼看那个驴子从门口飘飘地不见了！我的心魂被引了去。

等我离开窗子，祖母的斗篷已是脱在炕的中央，她嘴里叮叨地讲着她街上所见的新闻。可是我没有留心听，就是给我吃什么糖果之类，我也不会留心吃，只是那样的车子太吸引我了！太捉住我小小的心灵了！

夜晚在灯光里，我们的邻居，刘三奶奶摇闪着走来，我知道又是找祖母来谈天的。所以我稳当当地占了一个位置在桌边。于是我咬起嘴唇来，仿佛大人样能了解一切话语，祖母又讲关于街上所见的新闻，我用心听，我十分费力！

"……那是可笑，真好笑呢！一切人站下瞧，可是那个乡巴佬还是不知道笑自己，拉车的回头才知道乡巴佬是蹲在车子前放脚的地方，拉车的问：'你为什么蹲在这地方？'

"他说怕拉车的过于吃力，蹲着不是比坐着强吗？比坐在那里不是轻吗？所以没敢坐下……"

邻居的三奶奶，笑得几个残齿完全摆在外面，我也笑了！祖母还说，她感到这个乡巴佬难以形容，她的态度，她用所有的一切字眼，都是引人发笑。

"后来那个乡巴佬，你说怎么样！他从车上跳下来，拉车的问他为什么跳？他说：若是蹲着吗？那还行。坐着，我实在没有那样的钱。拉车的说：坐着，我不多要钱。那个乡巴佬到底不信这话，从车上搬下他的零碎东西，走了。他走了！"

我听得懂，我觉得费力，我问祖母：

"你说的，那是什么驴子？"

她不懂我的半句话，拍了我的头一下，当时我真是不能记住那样繁复的名词。过了几天祖母又上街，又是坐驴子回来的，我的心里渐渐羡慕那驴子，也想要坐驴子。

过了两年，六岁了！我的聪明，也许是我的年岁吧！支持着我使我愈见讨厌我那个皮球，那真是太小，而又太旧了；我不能喜欢黑脸皮球，我爱上邻家孩子手里那个大的；买皮球，好像我的志愿，一天比一天坚决起来。

向祖母说，她答："过几天买吧，你先玩这个吧！"

又向祖父请求，他答："这个还不是很好吗？不是没有出气吗？"

我得知他们的意思是说旧皮球还没有破，不能买新的。于是把皮球在脚下用力捣毁它，任是怎样捣毁，皮球仍是很圆，很鼓，后来到祖父面前让他替我踏破！祖父变了脸色，像是要打我，我跑开了！

从此，我每天表示不满意的样子。

终于一天晴朗的夏日，戴起小草帽来，自己出街去买皮球了！朝向母亲曾领我到过的那家铺子走去，离家不远的时候，我的心志非常光明，能够分辨方向，我知道自己是向北走。过了一会，不然了！太阳我也找不着了！一些些的招牌，依我看来都是一个样，街上的行人好像每个要撞倒我似的，就连马车也好像是旋转着。我不晓得自己走了多远，只是我实在疲劳。不能再寻找那家商店；我急切地想回家，可是家也被寻觅不到。我是从哪一条路来的？究竟家是在什么方向？

我忘记一切危险，在街心停住，我没有哭，把头向天，愿看见太阳。因为平常爸爸不是拿指南针看看太阳就知道或南或北吗？我虽然看了，只见太阳在街路中央，别的什么都不能知道，我无心留意街道，跌倒了在阴沟板上面。

"小孩！小心点。"

身边的马车夫驱着车子过去，我想问他我的家在什么地方，他走过了！我昏沉极了！忙问一个路旁的人：

"你知道我的家吗？"

他好像知道我是被丢的孩子，或许那时候我的脸上有什么急慌的神色，那人跑向路的那边去，把车子拉过来，我知道他是洋车夫，他和我开玩笑一般：

"走吧！坐车回家吧！"

我坐上了车，他问我，总是玩笑一般地：

"小姑娘！家在哪里呀？"

我说："我们离南河沿不远，我也不知道哪面是南，反正我们南边有河。"

走了一会，我的心渐渐平稳，好像被动荡的一盆水，渐渐静止下来，可是不多一会，我忽然忧愁了！抱怨自己皮球仍是没有买成！从皮球联想到祖母骗我给买皮球的故事，很快又联想到祖母讲的关于乡巴佬坐东洋驴子的故事。于是我想试一试，怎样可以像个乡巴佬。该怎样蹲法呢？轻轻地从座位滑下来，当我还没有蹲稳当的时节，拉车的回头来：

"你要做什么呀？"

我说："我要蹲一蹲试试，你答应我蹲吗？"

他看我已经偎在车前放脚的那个地方，于是他向我深深地做了一个鬼脸，嘴里哼着：

"倒好哩！你这样孩子，很会淘气！"

车子跑得不很快，我忘记街上有没有人笑我。车跑到红色的大门楼，我知道家了！我应该起来呀！应该下车呀！不，目的想给祖母一个意外的发笑，等车拉到院心，我仍蹲在那里，像耍猴人的猴样，一动不动。祖母笑着跑出来了！祖父也是笑！我怕他们不晓得我的意义，我用尖音喊：

"看我！乡巴佬蹲东洋驴子！乡巴佬蹲东洋驴子呀！"

只有妈妈大声骂着我，忽然我怕她要打我，我是偷着上街的。

洋车忽然放停，从上面我倒滚下来，不记得被跌伤没有。祖父猛力打了拉车的，说他欺侮小孩，说他不让小孩坐车让蹲在那里。没有给他钱，从院子把他轰出去。

　　所以后来，无论祖父对我怎样疼爱，心里总是生着隔膜，我不同意他打洋车夫，我问：

　　"你为什么打他呢？那是我自己愿意蹲着。"

　　祖父把眼睛斜视一下："有钱的孩子是不受什么气的。"

　　现在我是廿多岁了！我的祖父死去多年了！在这样的年代中，我没发现一个有钱的人蹲在洋车上；他有钱，他不怕车夫吃力，他自己没拉过车，自己所尝到的，只是被拉着舒服滋味。假若偶尔有钱家的小孩子要蹲在车厢中玩一玩，那么孩子的祖父出来，拉洋车的便要被打。

　　可是我呢？现在变成个没有钱的孩子了！

昆明的雨

汪曾祺

莲花池外少行人，野店苔痕一寸深。浊酒一杯天过午，木香花湿雨沉沉。

宁坤要我给他画一张画，要有昆明的特点。我想了一些时候，画了一幅：右上角画了一片倒挂着的浓绿的仙人掌，末端开出一朵金黄色的花；左下画了几朵青头菌和牛肝菌。题了这样几行字：

　　昆明人家常于门头挂仙人掌一片以辟邪，仙人掌悬空倒挂，尚能存活开花。于此可见仙人掌生命之顽强，亦可见昆明雨季空气之湿润。雨季则有青头菌、牛肝菌，味极鲜腴。

　　我想念昆明的雨。

　　我以前不知道有所谓雨季。"雨季"，是到昆明以后才有了具体感受的。

　　我不记得昆明的雨季有多长，从几月到几月，好像是相当长的。但是并不使人厌烦。因为是下下停停、停停下下，不是连绵不断，下起来没完。而且并不使人气闷。我觉得昆明雨季气压不低，人很舒服。

昆明的雨季是明亮的、丰满的，使人动情的。城春草木深，孟夏草木长。昆明的雨季，是浓绿的。草木的枝叶里的水分都到了饱和状态，显示出过分的、近于夸张的旺盛。

我的那张画是写实的。我确实亲眼看见过倒挂着还能开花的仙人掌。旧日昆明人家门头上用以辟邪的多是这样一些东西：一面小镜子，周围画着八卦，下面便是一片仙人掌，——在仙人掌上扎一个洞，用麻线穿了，挂在钉子上。昆明仙人掌多，且极肥大。有些人家在菜园的周围种了一圈仙人掌以代替篱笆。——种了仙人掌，猪羊便不敢进园吃菜了。仙人掌有刺，猪和羊怕扎。

昆明菌子极多。雨季逛菜市场，随时可以看到各种菌子。最多，也最便宜的是牛肝菌。牛肝菌下来的时候，家家饭馆卖炒牛肝菌，连西南联大食堂的桌子上都可以有一碗。牛肝菌色如牛肝，滑，嫩，鲜，香，很好吃。炒牛肝菌须多放蒜，否则容易使人晕倒。青头菌比牛肝菌略贵。这种菌子炒熟了也还是浅绿色的，格调比牛肝菌高。菌中之王是鸡枞，味道鲜浓，无可方比。鸡枞是名贵的山珍，但并不真的贵得惊人。一盘红烧鸡枞的价钱和一碗黄焖鸡不相上下，因为这东西在云南并不难得。有一个笑话：有人从昆明坐火车到呈贡，在车上看到地上有一棵鸡枞，他跳下去把鸡枞捡了，紧赶两步，还能爬上火车。这笑话用意在说明昆明到呈贡的火车之慢，但也说明鸡㙡随处可见。有一种菌子，中吃不中看，叫作干巴菌。乍一看那样子，真叫人怀疑：这种东西也能吃？！颜色深褐带绿，有点像一堆半干的牛粪或一个被踩破了的马蜂窝。里头还有许多草茎、松毛，乱七八糟！可是下点工夫，把草茎松毛择净，撕成蟹腿肉粗细的丝，和青辣椒同炒，入口便会使你张目结舌：这东西这么好吃？！还有一种菌子，中看不中吃，叫鸡油菌。都是一般大小，有一块银圆那样大，滴溜圆，颜色浅黄，恰似鸡油一样。这种菌子只能做菜时配色用，没甚味道。

雨季的果子，是杨梅。卖杨梅的都是苗族女孩子，戴一顶小花帽子，穿着扳尖的绣了满帮花的鞋，坐在人家阶石的一角，不时吆唤一声："卖杨梅——"声音娇娇的。她们的声音使得昆明雨季的空气更加柔和了。昆明的杨梅很大，有一个乒乓球那样大，颜色黑红黑红的，叫作"火炭梅"。这个名字起得真好，真是像一球烧得炽红的火炭！一点都不酸！我吃过苏州洞庭山的杨梅、井冈山的杨梅，好像都比不上昆明的火炭梅。

雨季的花是缅桂花。缅桂花即白兰花，北京叫作"把儿兰"（这个名字真不好听）。云南把这种花叫作缅桂花，可能最初这种花是从缅甸传入的，而花的香味又有点像桂花，其实这跟桂花实在没有什么关系。——不过话又说回来，别处叫它白兰、把儿兰，它和兰花也挨不上呀，也不过是因为它很香，香得像兰花。我在家乡看到的白兰多是一人高，昆明的缅桂是大树！我在若园巷二号住过，院里有一棵大缅桂，密密的叶子，把四周房间都映绿了。缅桂盛开的时候，房东（是一个五十多岁的寡妇）就和她的一个养女，搭了梯子上去摘，每天要摘下来好些，拿到花市上去卖。她大概是怕房客们乱摘她的花，时常给各家送去一些。有时送来一个七寸盘子，里面摆得满满的缅桂花！带着雨珠的缅桂花使我的心软软的，不是怀人，不是思乡。

雨，有时是会引起人一点淡淡的乡愁的。李商隐的《夜雨寄北》是为许多久客的游子而写的。我有一天在积雨少注的早晨和德熙从联大新校舍到莲花池去。看了池里的满池清水，看了着比丘尼装的陈圆圆的石像（传说陈圆圆随吴三桂到云南后出家，暮年投莲花池而死），雨又下起来了。莲花池边有一条小街，有一个小酒店，我们走进去，要了一碟猪头肉，半市斤酒（装在上了绿釉的土瓷杯里），坐了下来。雨下大了。酒店有几只鸡，都把脑袋反插在翅膀下面，一只脚着地，一动也不动地在檐下站着。酒店院子里有一架大木香花。昆明木香花很多。有的小河沿岸都是木香。但是这样大的木香却不多见。

一棵木香，爬在架上，把院子遮得严严的。密匝匝的细碎的绿叶，数不清的半开的白花和饱胀的花骨朵，都被雨水淋得湿透了。我们走不了，就这样一直坐到午后。四十年后，我还忘不了那天的情味，写了一首诗：

莲花池外少行人，
野店苔痕一寸深。
浊酒一杯天过午，
木香花湿雨沉沉。

我想念昆明的雨。

人类的聪明并不胜如春蚕，

柔情的丝缕抽完了还愿意呕心沥血。

下田耕种，烧灶煮饭的妈妈懂得爱情的，

她沉默且平安，信仰着自己的爱情。

从一对老年人莹然欲涕的眼睛里，

我看出比海还深的人世的欢喜与辛酸，

体味着不能用语言表达的奥妙的意思。

乡土的一山一水，一虫一鸟，一草一木，一星一月，一寒一暑，一时一俗，一丝一缕，一饮一啜，都溶化为童年生活的血肉，不可分割。

长安寺

萧红

只有大肚弥勒佛还在笑眯眯地看着打扫殿堂的人，因为打扫殿堂的人把小灯放在弥勒佛脚前的缘故。

接引殿里的佛前灯一排一排的，每个顶着一颗小灯花燃在案子上。敲钟的声音一到接近黄昏时候就稀少下来，并且渐渐地简直一声不响了。因为烧香拜佛的人都回家去吃着晚饭。

大雄宝殿里，也同样哑默默地，每个塑像都站在自己的地盘上忧郁起来，因为黑暗开始挂在他们的脸上。长眉大仙，伏虎大仙，赤脚大仙，达摩，他们分不出哪个是牵着虎的，哪个是赤着脚的。他们通通安安静静地同叫着别的名字的许多塑像分站在大雄宝殿的两壁。

只有大肚弥勒佛还在笑眯眯地看着打扫殿堂的人，因为打扫殿堂的人把小灯放在弥勒佛脚前的缘故。

厚沉沉的圆圆的蒲团，被打扫殿堂的人一个一个地拾起来，高高地把它们靠着墙堆了起来。香火着在释迦牟尼的脚前，就要熄灭的样子，昏昏暗暗地，若下去寻找，简直看不见了似的，只不过香火的气息缭绕在灰暗的微光里。

接引殿前，石桥下边池里的小龟，不再像日里那样把头探在水面上。用胡芝麻磨着香油的小石磨也停止了转动。磨香油的人也在收拾着家具。庙前喝茶的都戴起了帽子，打算回家去。冲茶的红脸的那个老头，在小桌上自己吃着一碗素面，大概那就是他的晚餐了。

过年的时候，这庙就更温暖而热气腾腾的了，烧香拜佛的人东看看，西望望。用着他们特有的幽娴，摸一摸石桥的栏杆的花纹，而后研究着想多发现几个桥下的乌龟。有一个老太婆背着一个黄口袋，在右边的胯骨上，那口袋上写着"进香"两个黑字，她已经跨出了当门的殿堂的后门，她又急急忙忙地从那后门转回去。我很奇怪地看着她，以为她掉了东西。大家想想看吧！她一翻身就跪下，迎着殿堂的后门向前磕了一个头。看她的年岁，有六十多岁，但那磕头的动作，来得非常灵活，我看她走在石桥上也照样的精神而庄严。为着过年才做起来的新缎子帽，闪亮地向着接引殿去朝拜了。佛前钟在一个老和尚手里拿着的钟锤下当当地响了三声，那老太婆就跪在蒲团上安详地磕了三个头。这次磕头却并不像方才在前面殿堂的后门磕得那样热情而慌张。我想了半天才明白，方才，就是前一刻，一定是她觉得自己太疏忽了，怕是那尊面向着后门口的佛见她怪，而急急忙忙地请他恕罪的意思。

卖花生糖的肩上挂着一个小箱子，里边装了三四样糖，花生糖，炒米糖，还有胡桃糖。卖瓜子的提着一个长条的小竹篮，篮子的一头是白瓜子，一头是盐花生。而这里不大流行难民卖的一包一包的"瓜子大王"。青茶，素面，不加装饰的，一个铜板随手抓过一撮来就放在嘴上嗑的白瓜子，就已经十足了。所以这庙里吃茶的人，都觉得别有风味。

耳朵听的是梵钟和诵经的声音；眼睛看的是些悠闲而且自得的游庙或烧香的人；鼻子所闻到的，不用说是檀香和别的香料的气息。所以这种吃茶的地方确实使人喜欢，又可以吃茶，又可以观风景看游人。比起重庆的所有的吃茶店来都好。尤其是那冲茶的红脸的老头，他总是高高兴兴的，走路时喜欢把身子向两边摆着，好像他故意把重心一会放在左腿上，一会放在右腿上。每当他掀起茶盅的盖子时，他的话就来了，一串一串的，他说：我们这四川没有啥好的，若不是打日本，先生们请也请不到这地方。他再说下去，就不懂了，他谈的和诗句一样。这时候他要冲在茶盅开水，从壶嘴如同一条水落进茶盅来。他拿起盖子来把茶盅扣住了，那里边上下游着的小鱼似的茶叶也被盖子扣住了，反正这地方是安静得可喜的，一切都是太平无事。

××坊的水龙就在石桥的旁边和佛堂斜对着面。里边放置着什么，我没有机会去看，但有一次重庆的防空演习我是看过的，用人推着哇哇的山响的水龙，一个水龙大概可装两桶水的样子，可是非常沉重，四五个人连推带挽。若着起火来，我看那水龙到不了火已经落了。那仿佛就写着什么××坊一类的字样。唯有这些东西，在庙里算是一个不调和的设备，而且也破坏了安静和统一。庙的墙壁上，不是大大地写着"观世音菩萨"吗？庄严静妙，这是一块没有受到外面侵扰的重庆的唯一的地方。他说，一花一世界，这是一个小世界，应作如是观。

但我突然神经过敏起来——可能有一天这上面会落下了敌人的一颗炸弹。而可能的那两条水龙也救不了这场大火。那时，那些喝茶的将没有着落了，假如他们不愿意茶摊埋在瓦砾场上。

我顿然地感到悲哀。

翠湖心影

汪曾祺

昆明人特意来游翠湖的也有，不多。多数人只是从这里穿过。翠湖中游人少而行人多。但是行人到了翠湖，也就成了游人了。

有一个姑娘，牙长得好。有人问她：

"姑娘，你多大了？"

"十七。"

"住在哪里？"

"翠湖西。"

"爱吃什么？"

"辣子鸡。"

过了两天，姑娘摔了一跤，磕掉了门牙。有人问她：

"姑娘多大了？"

"十五。"

"住在哪里？"

"翠湖。"

"爱吃什么？"

"麻婆豆腐。"

这是我在四十四年前听到的一个笑话。当时觉得很无聊（是在一个座谈会上听一个本地才子说的）。现在想起来觉得很亲切。因为它让我想起翠湖。

昆明和翠湖分不开，很多城市都有湖。杭州西湖、济南大明湖、扬州瘦西湖。然而这些湖和城的关系都还不是那样密切。似乎把这些湖挪开，城市也还是城市。翠湖可不能挪开。没有翠湖，昆明就不成其为昆明了。翠湖在城里，而且几乎就挨着市中心。城中有湖，这在中国，在世界上，都是不多的。说某某湖是某某城的眼睛，这是一个俗得不能再俗的比喻了。然而说到翠湖，这个比喻还是躲不开。只能说：翠湖是昆明的眼睛。有什么办法呢，因为它非常贴切。

翠湖是一片湖，同时也是一条路。城中有湖，并不妨碍交通。湖之中，有一条很整齐的贯通南北的大路。从文林街、先生坡、府甬道，到华山南路、正义路，这是一条直达的捷径。——否则就要走翠湖东路或翠湖西路，那就绕远多了。昆明人特意来游翠湖的也有，不多。多数人只是从这里穿过。翠湖中游人少而行人多。但是行人到了翠湖，也就成了游人了。从喧嚣扰攘的闹市和刻板枯燥的机关里，匆匆忙忙地走过来，一进了翠湖，即刻就会觉得浑身轻松下来；生活的重压、柴米油盐、委屈烦恼，就会冲淡一些。人们不知不觉地放慢了脚步，甚至可以停下来，在路边的石凳上坐一坐，抽一支烟，四边看看。即使仍在匆忙地赶路，人在湖光树影中，精神也很不一样了。翠湖每天每日，给了昆明人多少浮世的安慰和精神的疗养啊。因此，昆明人——包括外来的游子，对翠湖充满感激。

翠湖这个名字起得好！湖不大，也不小，正合适。小了，不够一游；太大了，游起来怪累。湖的周围和湖中都有堤。堤边密密地栽着树。树都很高大。主要的是垂柳。"秋尽江南草未凋"，昆明的树好像到了冬天也还是绿的。尤其是雨季，翠湖的柳树真是绿得好像要滴下来。湖水极清。我的印象里翠湖似没有蚊子。夏天的夜晚，我们在湖中漫步或在堤边浅草中坐卧，好像都没有被蚊子咬过。湖水常年盈满。我在昆明住了七年，没有看见过翠湖干得见了底。偶尔接连下了几天大雨，湖水涨了，湖中的大路也被淹没，不能通过了。但这样的时候很少。翠湖的水不深。浅处没膝，深处也不过齐腰。因此没有人到这里来自杀。我们有一个广东籍的同学，因为失恋，曾投过翠湖。但是他下湖在水里走了一截，又爬上来了。因为他大概还不太想死，而且翠湖里也淹不死人。翠湖不种荷花，但是有许多水浮莲。肥厚碧绿的猪耳状的叶子，开着一望无际的粉紫色的蝶形的花，很热闹。我是在翠湖才认识这种水生植物的。我以后也再没有看到过这样大片大片的水浮莲。湖中多红鱼，很大，都有一尺多长。这些鱼已经习惯于人声脚步，见人不惊，整天只是安安静静地，悠然地浮沉游动着。有时夜晚从湖中大路上过，会忽然拨刺一声，从湖心跃起一条极大的大鱼，吓你一跳。湖水、柳树、粉紫色的水浮莲、红鱼，共同组成一个印象：翠。

一九三九年的夏天，我到昆明来考大学，寄住在青莲街的同济中学的宿舍里，几乎每天都要到翠湖。学校已经发了榜，还没有开学，我们除了骑马到黑龙潭、金殿，坐船到大观楼，就是到翠湖图书馆去看书。这是我这一生去过次数最多的一个图书馆，也是印象极佳的一个图书馆。图书馆不大，形制有一点像一个道观。非常安静整洁。有一个侧院，院里种了好多盆白茶花。这些白茶花有时整天没有一个人来看它，就只是安安静静地欣然地开着。图书馆的管理员是一个妙人。他没有准确的上下班时间。有时我们去得早了，他还没有来，门没有开，我们就在外面等着。他来了，谁也不理，开了门，走进阅览室，把壁上一个不走的挂钟的时针"喀啦啦"一拨，拨到八点，这就上班了，开始借书。这个图书馆的藏书室在楼上。楼板上挖出一个长方形的洞，从洞里用绳子吊下一个长方形的木盘。借书人开好借书单，——管理员把借书单叫作"飞子"，昆明人把一切不大的纸片都叫作"飞子"，买米的发票、包裹单、汽车票，都叫"飞子"，——这位管理员看一看，放在木盘里，一拽旁边的铃铛，"唧唧"，木盘就从洞里吊上去了。——上面大概有个滑车。不一会，上面拽一下铃铛，木盘又系了下来，你要的书来了。这种古老而有趣的借书手续我以后再也没有见过。

这个小图书馆藏书似不少，而且有些善本。我们想看的书大都能够借到。过了两三个小时，这位干瘦而沉默的有点像陈老莲画出来的古典的图书管理员站起来，把壁上不走的挂钟的时针"喀啦啦"一拨，拨到十二点：下班！我们对他这种以意为之的计时方法完全没有意见。因为我们没有一定要看完的书，到这里来只是享受一点安静。我们的看书，是没有目的的，从《南诏国志》到福尔摩斯，逮什么看什么。

翠湖图书馆现在还有么？这位图书管理员大概早已作古了。不知道为什么，我会常常想起他来，并和我所认识的几个孤独、贫穷而有点怪癖的小知识分子的印象掺和在一起，越来越鲜明。总有一天，这个人物的形象会出现在我的小说里的。

翠湖的好处是建筑物少。我最怕风景区挤满了亭台楼阁。除了翠湖图书馆，有一簇洋房，是法国人开的翠湖饭店。这所饭店似乎是终年空着的。大门虽开着，但我从未见过有人进去，不论是中国人还是法国人。此外，大路之东，有几间黑瓦朱栏的平房，狭长的，按形制似应该叫作"轩"。也许里面是有一方题作什么轩的横匾的，但是我记不得了。也许根本没有。轩里有一阵曾有人卖过面点，大概因为生意不好，停歇了。轩内空荡荡的，没有桌椅。只在廊下有一个卖"糠虾"的老婆婆。"糠虾"是只有皮壳没有肉的小虾。晒干了，卖给游人喂鱼。花极少的钱，便可从老婆婆手里买半碗，一把一把撒在水里，一尺多长的红鱼就很兴奋地游过来，抢食水面的糠虾，嗾喋有声。糠虾喂完，人鱼俱散，轩中又是空荡荡的，剩下老婆婆一个人寂然地坐在那里。

路东伸进湖水，有一个半岛。半岛上有一个两层的楼阁。阁上是个茶馆。茶馆的地势很好，四面有窗，入目都是湖水。夏天，在阁子上喝茶，很凉快。这家茶馆，夏天，是到了晚上还卖茶的（昆明的茶馆都是这样，收市很晚），我们有时会一直坐到十点多钟。茶馆卖盖碗茶，还卖炒葵花子、南瓜子、花生米，都装在一个白铁敲成的方碟子里，昆明的茶馆计账的方法有点特别：瓜子、花生，都是一个价钱，按碟算。喝完了茶，"收茶钱！"堂倌走过来，数一数碟子，就报出个钱数。我们的同学有时临窗饮茶，嗑完一碟瓜子，随手把铁皮碟往外一扔，"Pia——"，碟子就落进了水里。堂倌算账，还是照碟算。这些堂倌们晚上清点时，自然会发现碟子少了，并且也一定会知道这些碟子上哪里去了。但是从来没有一次收茶钱时因此和顾客吵起来过；并且在提着大铜壶用"凤凰三点头"手法为客人续水时，也从不拿眼睛"贼"着客人。把瓜子碟扔进水里，自然是不大道德。不过堂倌不那么斤斤计较的风度却是很可佩服的。

除了到昆明图书馆看书，喝茶，我们更多的时候是到翠湖去"穷遛"。这"穷遛"有两层意思，一是不名一钱地遛，一是无穷无尽地遛。"园日涉以成趣"，我们遛翠湖没有个够的时候。尤其是晚上，踏着斑驳的月光树影，可以在湖里一遛遛好几圈。一面走，一面海阔天空，高谈阔论。我们那时都是二十岁上下的人，似乎有很多话要说，可说，我们都说了些什么呢？我现在一句都记不得了！

我是一九四六年离开昆明的。一别翠湖，已经三十八年了，时间过得真快！

我是很想念翠湖的。

前几年，听说因为搞什么"建设"，挖断了水脉，翠湖没有水了。我听了，觉得怅然，而且，愤怒了。这是怎么搞的！谁搞的？翠湖会成了什么样子呢？那些树呢？那些水浮莲呢？那些鱼呢？

最近听说，翠湖又有水了，我高兴！我当然会想到这是三中全会带来的好处。这是拨乱反正。

但是我又听说，翠湖现在很热闹，经常举办"蛇展"什么的，我又有点担心。这又会成了什么样子呢？我不反对翠湖游人多，甚至可以有游艇，甚至可以设立摊篷卖破酥包子、焖鸡米线、冰激凌、雪糕，但是最好不要搞"蛇展"。我希望还我一个明爽安静的翠湖。我想这也是很多昆明人的希望。

雅舍

梁实秋

我有一几一椅一榻，酣睡写读，均已有着，我亦不复他求。但是陈设虽简，我却喜欢翻新布置。

到四川来，觉得此地人建造房屋最是经济。火烧过的砖，常常用来做柱子，孤零零的砌起四根砖柱，上面盖上一个木头架子，看上去瘦骨嶙峋，单薄得可怜；但是顶上铺了瓦，四面编了竹篦墙，墙上敷了泥灰，远远地看过去，没有人能说不像是座房子。我现在住的"雅舍"正是这样一座典型的房子。不消说，这房子有砖柱，有竹篦墙，一切特点都应有尽有。讲到住房，我的经验不算少，什么"上支下摘"，"前廊后厦"，"一楼一底"，"三上三下"，"亭子间"，"茅草棚"，"琼楼玉宇"和"摩天大厦"各式各样，我都尝试过。我不论住在哪里，只要住得稍久，对那房子便发生感情，非不得已我还舍不得搬。这"雅舍"，我初来时仅求其能蔽风雨，并不敢存奢望，现在住了两个多月，我的好感油然而生。虽然我已渐渐感觉它并不能蔽风雨，因为有窗而无玻璃，风来则洞若凉亭，有瓦而空隙不少，雨来则渗如滴漏。纵然不能蔽风雨，"雅舍"还是自有它的个性。有个性就可爱。

　　"雅舍"的位置在半山腰，下距马路约有七八十层的土阶。前面是阡陌螺旋的稻田，再远望过去是几抹葱翠的远山；旁边有高粱地，有竹林，有水池，有粪坑，后面是荒僻的榛莽未除的土山坡。若说地点荒凉，则月明之夕，或风雨之日，亦常有客到，大抵好友不嫌路远，路远乃见情谊。客来则先爬几十级的土阶，进得屋来仍须上坡，因为屋内地板乃依山势而铺，一面高，一面低，坡度甚大，客来无不惊叹，我则久而安之，每日由书房走到饭厅是上坡，饭后鼓腹而出是下坡，亦不觉有大不便处。

"雅舍"共是六间，我居其二。篦墙不固，门窗不严，故我与邻人彼此均可互通声息。邻人轰饮作乐，咿唔诗章，喁喁细语，以及鼾声，喷嚏声，吮汤声，撕纸声，脱皮鞋声，均随时由门窗户壁的隙处荡漾而来，破我岑寂。入夜则鼠子瞰灯，才一合眼，鼠子便自由行动，或搬核桃在地板上顺坡而下，或吸灯油而推翻烛台，或攀缘而上帐顶，或在门框桌脚上磨牙，使得人不得安枕。但是对于鼠子，我很惭愧地承认，我"没有法子"。"没有法子"一语是被外国人常常引用着的，以为这话最足代表中国人的懒惰隐忍的态度。其实我的对付鼠子并不懒惰。窗上糊纸，纸一戳就破；门户关紧，而相鼠有牙，一阵咬便是一个洞洞。试问还有什么法子？洋鬼子住到"雅舍"里，不也是"没有法子"？比鼠子更骚扰的是蚊子。"雅舍"

的蚊虱之盛，是我前所未见的。"聚蚊成雷"真有其事！每当黄昏时候，满屋里磕头碰脑的全是蚊子，又黑又大，骨骼都像是硬的。在别处蚊子早已肃清的时候，在"雅舍"则格外猖獗，来客偶不留心，则两腿伤处累累隆起如玉蜀黍，但是我仍安之。冬天一到，蚊子自然绝迹，明年夏天——谁知道我还是住在"雅舍"！

　　"雅舍"最宜月夜——地势较高，得月较先。看山头吐月，红盘乍涌，一霎间，清光四射，天空皎洁，四野无声，微闻犬吠，坐客无不悄然！舍前有两株梨树，等到月升中天，清光从树间筛洒而下，地上阴影斑斓，此时尤为幽绝。直到兴阑人散，归房就寝，月光仍然逼进窗来，助我凄凉。细雨蒙蒙之际，"雅舍"亦复有趣。推窗展望，俨然米氏章法，若云若雾，一片弥漫。但若大雨滂沱，我就又惶悚不安了，屋顶湿印到处都有，起初如碗大，俄而扩大如盆，继则滴水乃不绝，终乃屋顶灰泥突然崩裂，如奇葩初绽，素然一声而泥水下注，此刻满室狼藉，抢救无及。此种经验，已数见不鲜。

　　"雅舍"之陈设，只当得简朴二字，但洒扫拂拭，不使有纤尘。我非显要，故名公巨卿之照片不得入我室；我非牙医，故无博士文凭张挂壁间；我不业理发，故丝织西湖十景以及电影明星之照片亦均不能张我四壁。我有一几一椅一榻，酣睡写读，均已有着，我亦不复他求。但是陈设虽简，我却喜欢翻新布置。西人常常讥笑妇人喜欢变更桌椅位置，以为这是妇人天性喜变之一征。诬否且不论，我是喜欢改变的。中国旧式家庭，陈设千篇一律，正厅上是一条案，前面一张八仙桌，一旁一把靠椅，两旁是两把靠椅夹一只茶几。我以为陈设宜求疏落参差之致，最忌排偶。"雅舍"所有，毫无新奇，但一物一事之安排布置俱不从俗。人入我室，即知此是我室。

笠翁《闲情偶寄》之所论，正合我意。

"雅舍"非我所有，我仅是房客之一。但思"天地者万物之逆旅"，人生本来如寄，我住"雅舍"一日，"雅舍"即一日为我所有。即使此一日亦不能算是我有，至少此一日"雅舍"所能给予之苦辣酸甜我实躬受亲尝。刘克庄词："客里似家家似寄。"我此时此刻卜居"雅舍"，"雅舍"即似我家。其实似家似寄，我亦分辨不清。

长日无俚，写作自遣，随想随写，不拘篇章，冠以"雅舍小品"四字，以示写作所在，且志因缘。

忆上海

靳以

时间轻轻地流过去，笔尖的墨干了又濡，濡了又干，眼前的一张纸仍然保持它的洁白，不曾留下一丝痕迹。

我对着这个跳动的菜油灯芯已经呆住了许久，我想对于我曾经先后住过八年的上海引起一些具体的思念和忆恋来；可是我失败了。时间轻轻地流过去，笔尖的墨干了又濡，濡了又干，眼前的一张纸仍然保持它的洁白，不曾留下一丝痕迹。我写，勉强地把笔尖划着纸面；可是要我写些什么呢？首先我就清晰地知道，上海距我所住的地方有几千里的路程，从前只要四天或是五天的时候，就可以顺流而下的，如今我若是起了一个念头，那么我就要应用各种不同的交通工具，花费周游世界的时日，才能达到我的目的。但是这样艰苦的旅程完成之后，对我将一无乐趣，仿佛投火的飞蛾一般，忍受烈焰的焚烧。否则我只得像一个失去了感觉的动物一样，蛰伏着，几乎和死去一般。但是一切是我所企求的么？每个人都可以代我回答出来的。然而要我在这个小市镇里，一切物质文明和精神文明，都要先从我们生活的这个年代数回一百年或是二百年，去遥念那个和世界上任何大都市全不显得逊色的上海，我们往日的记忆，都无凭依了。

我先让你们知道我们穿的是土布衫，行路是用自己的两条腿或是把自己一身的分量都加在两个人肩上的"滑竿"，我们看不见火车，连汽车也不大看见（这时常使我想到有一天我们再回到那个繁华的大城里，是不是也同一些乡下人一样，望到汽车就显得不知所措），没有平坦路的，却有无数的老鼠横行，（这些老鼠都能咬婴孩的鼻子！）没有百货店，只有逢三六九的场，卖的也无非是鸡、鸭、老布、陶器、炒米、麦芽糖……

　　我们过的是简单而朴实的日子，我的心是较自由，较快乐的；可是我总有一份不安的情绪。仿佛我时时都在准备着，一直到那一天，我就可以提了行囊上路。许多人都是如此，许多人也是这样坚信着。从前我们信赖别人，我们不能加以决定的论断，现在我们用自己的力量，所以我们才可以这样说。我都不敢多想，因为怕那过于兴奋的情感使我整夜不眠。

　　什么使我这样惦记着上海呢？那个嘈杂的城不是在我只住了两三天就引起我的厌烦而加以诅咒么？初去的时节好像连誓也发过了，说是那样的城市再也不能住下去，那些吃大雪茄红涨着脸的买办们，那些凶恶相的流氓地痞们，那些专欺侮乡下人的邮局银行职员老爷们……可是渐渐地我也习惯了，因为知道都是为了钱的缘故，所以人们才那样不和善，假使在自己的一面把钱看得淡了，自然就有许多笑脸从旁偎过来，于是生活就显得并不那样可厌了。几年的日子就在这样的试验中度过，一切可鄙的丑恶的隐去它们的棱角，在这个"建基于金钱和罪恶的大城市"中，我终于也遇到些可爱的人；他们自然不是吸吮他人血肉的家伙们，他们更不是依附在外人势力下的寄生虫，他们也不是油头粉面蓄着波浪式头发的醉生梦死的青年……除开人，那个地方后来也居然能使我安心地住下来了。在嘈杂中我也能安静下来，有时我挤在熙攘的人群中，张大眼睛去观看；到我感到厌烦的时节，我就能一个人躲回我自己的小房子里。市声尽管还喧闹地从窗口流进来，街车的经过虽然还使我的危楼微微震颤着；可是我可以不受一点惊扰，因为我个人已经和这个大城的脉搏相调谐了。

但是它也和我们整个的民族有同一的命运，在三十个月以前遭受无端的危难。虽然如今它包容了更多的居民，显露着畸形的繁荣；火曾在它的四周烧着，飞机曾在上空盘旋，子弹像雨似的落下来，从四方向着四方，掠过这个城的天空，飞滚着火红的炮弹。人并不恐惧，有的还私自祝祷着：好了，一齐毁灭吧，我们不把一根草留给我们的敌人。

它却不曾毁灭，而今它还屹然地巍立着，它是群丑跳梁的场所；可是也有正义的手在开拓光明的路，也有高亢的呼声，引导着百万的大众，为了这一切它才更有力地引着我的眼睛和我的心，从不可见的远处望回去，从没有着落的思念中向着它的那一面。

我想念些什么呢？使我念念不忘的难道是那些仍然得意地过着成功的日子的一些人么？或是那一座高楼，应该造得成形了，使那个城有了更高的建筑，也许又造了一所更高更大的划破了那被奸污的天空？也许我只是从利禄的一面看，计算着有多少新贵或是由于特殊环境成为百万富翁的人？

这一切的事，有的是我想得到的，有的我不能想到；但是我总可以确定地说上海是在变，向好的方面或是向坏的方面。真是坚定地保持那不变的原质的该是大多数人那一颗火热的心，那只是一颗心，一颗伟大的心。

我看见过它，当无数的青年男女舍弃自身一切的幸福，安逸的日子，终日地劳作，甚至牺牲自己的生命；我又看见过它，当着那一支孤军和那一面旗，最后地点缀着蔚蓝的天空，河的这一面是数不清的企望的头和挥摇的手臂，河的那一面，在炮火的下面，在铁丝网的下面，是年青的人和食品一齐滚进去；我再看见它。

当着节日，招展在天空的，门前的都是大大小小鲜红的国旗，好像把自己的一颗热诚的心从胸腔里掏出高高挑起来，还像说："喂，来吧，试试看，这就是我们的心，我们的意志！"

假使那时候我能跳到半天空我该看到怎么样的一个奇景呵！无数的旗将成为一面大旗，覆在旗下的心，也只有一颗大心；这颗心，一直在经历艰辛的折磨，丢去所有不良的杂质，它是更坚实，更完美的了。在我们的心里，他是一颗遥远的灿烂的星子，不，它是一个太阳；在他们的那一面，它是一个毒瘤，不是医药可以生效的，不是应用手术可以割除的，它生根地长着，不动摇，不晦暗，一直等到我们最后胜利的一天！

当着那一天到来，朋友们，我将急切地投向你们的怀中：那时我们要说些什么呢？我们是絮絮地述说着几年来的辛苦，还是用为欢乐而充满了泪的眼相互地默望呢？朋友们，时候迫切了，为了免去临时的仓皇，让我们好好想过一下吧。

苏州拾梦记

柯灵

时光使红颜少女头白，母亲出嫁后却从此不再有机会踏上她出生的乡土。

已经将近两年了，我心里埋着这题目，像泥土里埋着草根，时时苗长着钻出地面的欲望。

　　因为避难，母亲在战争爆发的前夜，回到了滨海一角的家乡，独自度着她的暮年。只要一想着她，我就仿佛清楚地看见了她孤独的身影，彷徨在那遭过火灾的破楼上。可是我不能去看她，给她一点温暖。

　　苦难的时代普遍地将不幸散给人们，母亲所得到的似乎是最厚实的一份。

　　她今年已经七十三岁，这一连串悠悠的岁月中，却有近五十年的生涯伴着绝望和哀痛。在地老天荒的世界里，维系着她一线生机的，除却对生命的执着，也就是后来由大伯过继给她的一个孩子——那就是我。正如小说里面所写的，她的命运悲惨得近乎离奇。二十几岁时，她作为年轻待嫁的姑娘，因为跟一个陌生男子的婚约，从江南的繁华城市，独自被送向风沙弥天的、辽远的西北，把一生的幸福交托给我的叔父。叔父原只是个穷书生，那时候在潼关幕府里做点什么事情，大约已经算是较为得意，所以遣人远远地迎娶新妇去了；但主要原因，却是为着他的重病，想接了新妇来给自己冲喜。当时据说就有许多人劝她剪断了这根不吉利的红绳，她不愿意，不幸也就这样由自己亲手造成。她赶到潼关，重病的新郎由人搀扶着跟她行了婚礼，不过一个多月，就把她孤单单地撇下了。我的冷峻的父亲要求她为死者守节，因为这样才不致因她减损门第的光辉。那几千年来被认作女性的光荣的行为，也不许她有向命运反叛的勇气。——这到后来她所获得的是一方题为"玉洁冰清"的宝蓝飞金匾额，几年前却跟着我家的旧厅堂一起火化了。——就是这样，她依靠着大伯生活了许多年，也就在那些悲苦的日子里，我由她抚养着成长起来。

哦，我忘却提了，她的故乡就在那水软山温的苏州城里。

时光使红颜少女头白，母亲出嫁后却从此不再有机会踏上她出生的乡土。

悠悠五十年，她在人海中浮荡。从陕西到四川，又到南国的广州。驴背的夕阳，渡头的晓月，雨雨风风都不打理这未亡人的哀乐。满清的封建王朝覆亡了，父亲丢了官，全家都回到浙东故乡，她照旧过着世代相沿的未亡人的生活。家庭逐渐堕入了困境，家里的人逐渐死去，流散了，最后是四五年前的一把火，烧毁了残破的老家，才把这受尽风浪的老人赶到了上海。老天怜悯！越过千山万水，迷路的倦鸟如今无意中飞近了旧枝，她应当去重温一次故园风物！

可是一天的风云已经过去，她疲倦的连一片归帆也懒得挂起，"算了吧，家里人都完了，亲戚故旧也没有音讯了，满城陌生人，有什么意思！"她笑，那是饱孕了人生的辛酸，像蓦然梦醒，回想起梦中险巇似的，庆幸平安的苦笑。接着吐出个轻轻的叹息："嗳，苏州城里我只惦记着一个人，那是我的小姊妹，苦苦劝我退婚的是她，（我当时怎么肯！）出嫁时送我上船，泪汪汪望着我的是她！听说而今还在呢，可不知道什么样儿了？有机会让我见她一面才好！"蹉跎间这愿望却也延宕了两年。

一直到前年春天，我才陪着她完成了这伤感的旅行。

是阴天，到苏州车站时已经飘着沾衣欲湿的微雨。雇一辆马车进城，嘚嘚的蹄声在石子路上散落。当车子驶过一条旅馆林立的街道，她看着夹道相迎的西式建筑，恰像是乡下孩子闯进了城市，满眼是迷离好奇的光。我对着这地下的天堂祝告：苏州城！你五十年前嫁出去的姑娘，今天第一次归宁了。那是你不幸的女儿，为着乡土的旧谊，人类的同情，你应当张开双臂，给她个含笑的欢迎！但时间是冷酷的家伙，一经阔别便不再为谁留下旧时痕迹，每过一条街，我告诉母亲那街道的名字，每一次，她都禁不住惊讶得忽地失笑："哎哟，怎么！这是什么街？不认得了，一点也不认得了！"

在观前街找个旅馆，刚歇下脚，心头的愿望浮起。燕子归来照例是寻觅旧巢，她一踏上这城市，急着要见的是那少年的旧侣。可是我们向哪儿去找呢？这栉比的住房，这稠密的人海，白茫茫无边无岸，知是在谁家哪巷？纵使几十年风霜没有损伤了当年的佳人，也早该白发萧萧，见了面也不再相认了，但我哪有勇气回她个不字？

母亲在娘家时开得有一家烛铺，后来转让的主人就是那闺友的父亲，想着这些年来世事的兴替，皇室的江山也还给了百姓，一家烛铺的光景大约未必便别来无恙。但母亲忽然飞来的聪明记起了它。向旅馆的茶房打听得苏州还有着这个店号，我就陪着她向大海捞针。

烛铺子毕竟比人经得起风霜，虽然陈旧，却还在闹喧喧的街头兀立。母亲高兴地迎上去，便向那店伙问讯："对不起，从前这儿的店主人，姓金的，你知道他家小姐嫁在哪一家，如今住在哪里？"

我站在一旁怀着凭吊古迹似的心情，这老人天真的问话却几乎使我失笑。

那店伙年轻呢，看年纪不过二十开外，懂得的历史未必多，"小姐"这名词在他心里岂不是一个娇媚的尤物？我只得替她补充：金小姐，那是几十年前的称呼，如今模样该像母亲似的一位老太太了。听着我的解释，那店伙禁不住笑了起来。

人生有时不缺乏意外的奇迹，这一问也居然问出了端倪。我们依着那烛铺的指点，又辗转访问了两处，薄暮时到了巷尾一家古旧的黑漆门前。

剥啄地叩了一阵，一位祥和的老太太把我们迎接了进去。可是她不认得这突兀的来客。

"找谁，你们是找房子的？"

"不，是找人，请问有一位金小姐可住在这里？"

主人呆了半天，仿佛没有听清意思。"哎哟！"母亲这一声却忽然惊破了小院黄昏的静寂，她惊喜地一把拖住了主人。

"哦，你是金妹！"

"哦，你是……三姐！"

夜已经无声地落在庭院里了，还是霏霏的雨。从一对老年人莹然欲涕的眼睛里，我看出比海还深的人世的欢喜与辛酸，体味着不能用语言表达的奥妙的意思。

我的心沉重得很，也轻松得很。我像在一霎时间经历了半世纪。感谢幸运降临于我不幸的母亲！

把母亲安顿在她旧侣的家里，我自己仍然在旅舍里住着。

春快要阑珊了！天气正愁人，我在苏州城里连听了三天潺潺的春雨。冒着雨我爬过一次虎邱，到冷落的留园和狮子林徘徊了一阵。我爱这城市的苍茫景色，静的巷，河边的古树，冷街深闭的衰落的朱门。可是在这些雾似的情调里，有多少无辜的人们，在长久的岁月中度着悲剧生涯？

但我为母亲的奇遇高兴。五十年旧梦从头细数，说是愁苦也许是快乐。人类的聪明并不胜如春蚕，柔情的丝缕抽完了还愿意呕心沥血；一生的厄运积累得透气的空隙也没有，有时只要在一个——仅仅一个可以诉苦的人面前赢得一声同情和温慰，也可以把痛苦洗涤干净。我不能想象母亲的情怀，愿这次奇遇抖落她过去的一切……

第四天晚上离开苏州时，天却晴了，一钩新月挂在城头，天上粼粼的云片都镶着金边。——好会捉弄人的天！路畔一带婆娑的柳影显得幽深而宁静，却有蹄声嗼嗼，穿过柳荫，向那行色匆匆的车站上响去。别了，古旧的我的母乡苏州！明儿我们看得见的，是天上那终古不变的旧时明月！

别离的哀伤又在刺着衰老的心了。可是从母亲的脸上，我看见了一片从来没有的光辉。"嗳，总算看见她了！做梦也想不到。她约我秋天再来，到她家里多住一阵子。也好，大家都老了，多见一面是一面。"我知道，她在庆幸她还了多少年来的夙愿。

可是就在这一年的夏天，时局起了激变。

在上海暴风雨的前夜，母亲回到了残破的家乡，一年半来她就像被扔在一边似的生活着；而她的早已无家的母乡，落入魔掌也一年多了。在这风雪的冬天，破楼上摇曳着的煤油灯下，不会埋怨这年代的过于冷酷吗？我不禁时时想起我的母亲，和这场战争中一切母亲的命运。

可是母亲却惦记着苏州，惦记着苏州的旧侣，絮絮地从信里打听消息。可怜的母亲，我可以告诉您吗？您的母乡正遭着空前的浩劫。您的唯一的旧侣，我不敢想象她家里的光景。有一时我常常把一件事情引为自慰，那就是那一次苏州的旅行，我想如果把那机会放走了，怕也要永远无法挽回。但我如今倒有些失悔了，没有那一次坠梦的重拾，也许这不幸的消息给她的分量还要轻些？我又怀着一种隐忧："树高千丈，落叶归根。"母亲说过她愿意长眠在祖茔所在的乡土，她会不会再在晚年沦入奴隶的厄运？

鸭窠围的夜

沈从文

这正是同读一篇描写西伯利亚的农人生活动人作品一样，使人掩卷引起无言的哀戚。

天快黄昏时落了一阵雪子，不久就停了。天气真冷，在寒气中一切都仿佛结了冰。便是空气，也像快要冻结的样子。我包定的那一只小船，在天空大把撒着雪子时已泊了岸。从桃源县沿河而上这已是第五个夜晚。看情形晚上还会有风有雪，故船泊岸边时候便从各处挑选好地方。沿岸除了某一处有片沙山且宜于泊船以外，其余地方全是黛色如屋的大岩石。石头既然那么大，船又那么小，我们都希望寻觅得到一个能作小船风雪屏障，同时要上岸又还方便的处所。凡是可以泊船的地方早已被当地渔船占去了。小船上的水手，把船上下各处撑去，钢钻头敲打着沿岸大石头，发出好听的声音，结果这只小船，还是不能不同许多大小船只一样，在正当泊船处插了篙子，把当作锚头用的石碇抛到沙上去，尽那行将来到的风雪，摊派到这只船上。

　　这地方是个长潭的转折处，两岸是高大壁立千丈的山，山头上长着小小竹子，长年翠色逼人。这时节两山只剩余一抹深黑，赖天空微明为画出一个轮廓。但在黄昏里看来如一种奇迹的，却是两岸高处去水已三十丈上下的吊脚楼。这些房子莫不俨然悬挂在半空中，借着黄昏的余光，还可以把这稀奇的楼房形体，看得出个大略。这些房子同沿河一切房子有个共通相似处，便是从结构上说来，处处显出对于木材的浪费。房屋既在半山上，不用那么多木料，便不能成为房子吗？半山上也用吊脚楼形式，这形式是必需的吗？然而这条河水的大宗出口是木料，木材比石块还不值价。因此，即或是河水永远长不到处，吊脚楼房子依然存在，似乎也不应当有何惹眼惊奇了。但沿河因为有了这些楼房，长年与流水斗争的水手，寄身船中枯闷成疾的旅行者，以及其他过路人，却有了落脚处了。这些人的疲劳与寂寞是从这些房子中可以一律解除的。地方既好看，也好玩。

河面大小船只泊定后，莫不点了小小的油灯，拉了篷。各个船上皆在后舱烧了火，用铁鼎罐煮红米饭。饭焖熟后，又换锅子熬油，哗的把菜蔬倒进热锅里去。一切齐全了，各人蹲在舱板上三碗五碗把腹中填满后，天已夜了。水手们怕冷怕动的。收拾碗盏后，就莫不在舱板上摊开了被盖，把身体钻进那个预先卷成一筒又冷又湿的硬棉被里去休息。至于那些想喝一杯的，发了烟瘾得靠靠灯，船上烟灰又翻尽了的，或一无所为，只是不甘寂寞，好事好玩想到岸上去烤烤火谈谈天的，便莫不提了桅灯，或燃一段废缆子，摇晃着从船头跳上了岸，从一堆石头间的小路径，爬到半山上吊脚楼房子那边去，找寻自己的熟人，找寻自己的熟地。陌生人自然也有来到这条河中，来到这种吊脚楼房子里的时节，但一到地，在火堆旁小柏树凳上一坐，便是陌生人，即刻也就可以称为熟人乡亲了。

这河边两岸除了停泊有上下行的大小船只三十左右以外，还有无数在日前趁融雪涨水放下形体大小不一的木筏。较小的木筏，上面供给人住宿过夜的棚子也不见，一到了码头，便各自上岸找住处去了。大一些的木筏呢，则有房屋，有船只，有小小菜园与养猪养鸡栅栏，还有女眷和小孩子。

黑夜占领了全个河面时，还可以看到木筏上的火光，吊脚楼窗口的灯光，以及上岸下船在河岸大石间飘忽动人的火炬红光。这时节岸上船上都有人说话，吊脚楼上且有妇人在黯淡灯光下唱小曲的声音，每次唱完一支小曲时，就有人笑嚷。什么人家吊脚楼下有匹小羊叫，固执而且柔和的声音，使人听来觉得忧郁。我心中想着，"这一定是从别一处牵来的，另外一个地方，那小畜生的母亲，一定也那么固执地鸣着吧。"算算日子，再过十一天便过年了。"小畜生明不明白只能在这个世界上活过十天八天？"明白也罢，不明白也罢，这小畜生是为了过年而赶来，应在这个地方死去的。此后固执而又柔和的声音，将在我耳边永远不会消失。我觉得忧郁起来了。我仿佛触着了世界上一点东西，看明白了这世界上一点东西，心里软和得很。

但我不能这样子打发这个长夜。我把我的想象，追随了一个唱曲时清中夹沙的妇女声音到她的身边去了。于是仿佛看到了一个床铺，下面是草荐，上面摊了一床用旧帆布或别的旧货做成脏而又硬的棉被，搁在床正中被单上面的是一个长方木托盘，盘中有一把小茶盏，一个小烟盒，一支烟枪，一块小石头，一盏灯。盘边躺着一个人在烧烟。唱曲子的妇人，或是袖了手捏着自己的膀子站在吃烟者的面前，或是靠在男子对面的床头，为客人烧烟。房子分两进，前面临街，地是土地，后面临河，便是所谓吊脚楼了。这些人房子窗口既一面临河，可以凭了窗口呼喊河下船中人，当船上人过了瘾，胡闹已够，下船时，或者尚有些事情嘱托，或有其他原因，一个晃着火炬停顿在大石间，一个便凭立在窗口，"大老你记着，船下行时又来。""好，我来的，我记着的。""你见了顺顺就说：会呢，完了。孩子大牛呢，脚膝骨好了。细粉带三斤，冰糖或片糖带三斤。""记得到，记得到，大娘你放心，我见了顺顺大爷就说：会呢，完了。大牛呢，好了。细粉来三斤，冰糖来三斤。""杨氏，杨氏，一共四吊七，莫错账！""是的，放心呵，你说四吊七就四吊七，年三十夜莫会要你多的！你自己记着就是了！"这样那样地说着，我一一都可听到，而且一面还可以听着黑暗中某一处咩咩的羊鸣。我明白这些回船的人是上岸吃过"荤烟"了的。

我还估计得出，这些人不吃"荤烟"，上岸时只去烤烤火的，到了那些屋子里时，便多数只在临街那一面铺子里。这时节天气太冷，大门必已上好了，屋里一隅或点了小小油灯，屋中土地上必就地掘了浅凹火炉膛，烧了些树根柴块。火光煜煜，且时时刻刻爆炸着一种难于形容的声音。火旁矮板凳上坐有船上人，木筏上人，有对河住家的熟人。且有虽为天所厌弃还不自弃年过七十的老妇人，闭着眼睛蜷成一团蹲在火边，悄悄地从大袖筒里取出一片薯干或一枚红枣，塞到嘴里去咀嚼。有穿着肮脏身体瘦弱的孩子，手擦着眼睛傍着火旁的母亲打盹。屋主人有退伍的老军人，有翻船背运的老水手，有单身寡妇，借着火光灯光，可以看得出这屋中的大略情形，三堵木板壁上，一面必有个供奉祖宗的神龛，神龛下空处或另一面，必贴了一些大小不一的红白名片。这些名片倘若有哪些好事者加以注意，用小油灯照着，去仔细检查检查，便可以发现许多动人的名衔，军队上的连副、上士、一等兵，商号中的管事，当地的团总、保正、催租吏，以及照例姓滕的船主，洪江的木头商人，与其他各行各业人物，无所不有。这是近一二十年来经过此地若干人中一小部分的题名录。这些人各用一种不同的生活，来到这个地方，且同样的来到这些屋子里，坐在火边或靠近床边，逗留过若干时间。这些人离开了此地后，在另一世界里还是继续活下去，但除了同自己的生活圈子中人发生关系以外，与一同在这个世界上其他的，却仿佛便毫无关系可言了。他们如今也许早已死掉了；水淹死的，枪打死的，被外妻用砒霜谋杀的，然而这些名片却依然将好好的保留下去。也许有些人已成了富人名人，成了当地的小军阀；这些名片却仍然写着催租人、上士等等的衔头。……除了这些名片，那屋子里是不是还有比它更引人注意的东西呢？锯子，小捞兜，香烟大画片，装干栗子的口袋……提起这些问题时使人心中很激动。

我到船头上去眺望了一阵，河面静静的，木筏上火光小了，船上的灯光已很少了，远近一切只能借着水面微光看出个大略情形。另外一处的吊脚楼上，又有了妇人唱小曲的声音，灯光摇摇不定，且有猜拳声音。我估计那些灯光是同声音所在处，不是木筏上的簰头在取乐，就是水手们小商人在喝酒。妇人手指上说不定还戴了水手特别为从常德府捎带来的镀金戒指，一面唱曲一面把那只手理着鬓角，多动人的一幅画图！我认识他们的哀乐，这一切我也有份。看他们在那里把每个日子打发下去，也是眼泪也是笑，离我虽那么远，同时又与我那么相近两年。这正是同读一篇描写西伯利亚的农人生活动人作品一样，使人掩卷引起无言的哀戚。我如今只用想象去领味这些人生活的表面姿态，却用过去一分经验，接触着了这种人的灵魂。

羊还固执的鸣着。远处不知什么地方有锣鼓声音，那一定是某个人家禳土酬神还愿巫师的锣鼓。声音所在处必有火燎与九品蜡照耀争辉。炫目火光下必有头包红布的老巫师独立作旋风舞，门上架上有黄钱，平地有装满了谷米的平斗。有新宰的猪羊伏在木架上，头上插着小小五色纸旗。有行将为巫师用口把头咬下的活生公鸡，缚了双脚与翼翅，在土坛边无可奈何地躺卧。主人锅灶边则热了满锅猪血稀粥，灶中正火光熊熊。

邻近一只大船上，水手们已静静地睡下了，只剩余一个人吸着烟，且时时刻刻把烟管敲着船舷。也像听着吊脚楼的声音，为那点声音所激动，引起种种联想，忽然按捺自己不住了，只听到他轻轻地骂着野话，擦了支自来火，点上一段废缆，跳上岸往吊脚楼那里去了。他在岸上大石间走动时，火光便从船篷空处漏进我的船中。也是同样的情形吧，在一只装载棉军服向上行驶的船上，泊到同样的岸边，躺在成束成捆的军服上面，夜既太长，水手们爱玩牌的各蹲坐在舱板上小油灯光下玩天九，睡既不成，便胡乱穿了两套棉军服，空手上岸，借着石块间还未融尽残雪返照的微光，一直向高岸上有灯光处走去。到了街上，除了从人家门罅里露出的灯光成一条长线横卧着，此外一无所有。在计算中以为应可见到的小摊上成堆的花生，用哈德门长烟盒装着干瘪瘪的小橘子，切成小方块的片糖，以及在灯光下看守摊子把眉毛扯得极细的妇人（这些妇人无事可做时还会在灯光下做点针线的），如今什么也没有。既不敢冒昧闯进一个人家里面去，便只好又回转河边船上了。但上山时向灯光凝聚处走去，方向不会错误。下河时可糟了。糊糊涂涂在大石小石间走了许久，且大声喊着，才走近自己所坐的一只船。上船时，两脚全是泥，刚攀上船舷还不及脱鞋落舱，就有人在棉被中大喊："伙计哥子们，脱鞋呀！"把鞋脱了还不即睡，便镶到水手身旁去看牌，一直看到半夜，——十五年前自己的事，在这样地方温习起来，使人对命运感到十分惊异。我懂得那个忽然独自跑上岸去的人，为什么上去的理由！

等了一会，邻船上那人还不回到他自己的船上来，我明白他所得的必比我多了一些。我想听听他回来时，是不是也像别的船上人，有一个妇人在吊脚楼窗口喊叫他。许多人都陆续回到船上了，这人却没有下船。我记起"柏子"。但是同样是水上人，一个那么快乐的赶到岸上去，一个却是那么寂寞地跟着别人后面走上岸去，到了那些地方，情形不会同柏子一样，也是很显然的事了。

为了我想听听那个人上船时那点推篷声音，我打算着，在一切声音全已安静时，我仍然不能睡觉。我等待那点声音。大约到午夜十二点，水面上却起了另外一种声音。仿佛鼓声，也仿佛汽油船马达转动声，声音慢慢地近了，可是慢慢地又远了。像是一个有魔力的歌唱，单纯到不可比方，也便是那种固执的单调，以及单调的延长，使一个身临其境的人，想用一组文字去捕捉那点声音，以及捕捉在那长潭深夜一个人为那声音所迷惑时节的心情，实近于一种徒劳无功的努力。那点声音使我不得不再从那个业已用被单塞好空罅的舱门，到船头去搜索它的来源。河面一片红光，古怪声音也就从红光一面掠水而来。原来日里隐藏在大岩石下的一些小渔船，在半夜前早已静悄悄地下了拦江网。到了半夜，把一个从船头伸在水面的铁兜，盛上燃着熊熊烈火的油柴，一面用木棒槌有节奏地敲着船舷各处漂去。身在水中见了火光而来与受了柝声吃惊的四窜的鱼类，便在这种情形中触了网，成为渔人的俘虏。当地人把这种捕鱼方法叫"赶白"。

一切光，一切声音，到这时节已为黑夜所抚慰而安静了，只有水面上那一分红光与那一派声音。那种声音与光明，正为着水中的鱼和水面的渔人生存的搏战，已在这河面上存在了若干年，且将在接连而来的每个夜晚依然继续存在。我弄明白了，回到舱中以后，依然默听着那个单调的声音。我所看到的仿佛是一种原始人与自然战争的情景。那声音，那火光，都近于原始人类的战争，把我带到四五千年那个"过去"时间里去。

不知在什么时候开始落了很大的雪，听船上人细语着，我心想，第二天我一定可以看到邻船上那个人上船时节，在岸边雪地上留下那一行足迹。那寂寞的足迹，事实上我却不曾见到，因为第二天到我醒来时，小船已离开那个泊船处很远了。

大地在那儿，还在那儿，一直在那儿，永远在那儿。这是泪流满面的事实。

大地

毕飞宇

在村庄的四周，是大地。某种程度上说，村庄只是海上的一座孤岛。我把大地比喻成海的平面是有依据的，在我的老家，唯一的地貌就是平原，那种广阔的、无垠的、平整的平原。这是横平竖直的平原，每一块土地都一样高，没有洼陷，没有隆起的地方，没有石头。你的视线永远也没有阻隔，如果你看不到更远的地方了，那只能说，你的肉眼到了极限。这句话也可以这样说，你的每一次放眼都可以抵达极限。极限在哪里？在天上。天高，地迥；天圆，地方。

　　我想我很小就了解了什么是大。大是迷人的，却折磨人。这个大不是沙漠的大，也不是瀚海的大，沙漠和瀚海的大只不过是你需要跨过的距离。平原的大却不一样了，它是你劳作的对象。每一尺、每一寸都要经过你的手。"在苍茫的大地上"——每一棵麦苗都是手播的——每一棵麦苗都是手割的——每一棵水稻都是手插的——每一棵水稻都是手割的。这是何等的艰辛，何等的艰辛。有些事情你可以干一辈子，但不能想，一想就会胆怯，甚至于不寒而栗。

有一年的大年初一，下午，家里就剩下了我和我的父亲。我们在喝茶、吸烟、闲聊，其乐融融。我的父亲突然问我，如果把"现在的你"送回到"那个时代"，让你在村子里做农民，你会怎么办？我想了很长时间，最后说："我想我会死在我的壮年。"父亲不再说话，整整一个下午，他不再说话。我说的是我的真实感受，但是，我冒失了，我忘记了说话的对象是父亲。我经常犯这样的错。父亲是"那个时代"活下来的人，我的回答无疑截到了他的疼处。我还是要说，父亲"活下来"了，这是一个多么了不起的壮举。他老人家经常做噩梦，他在梦里大声地呼叫。我能做的事情就是把他老人家叫醒，赶紧的。我相信，每一次醒来他都如释重负。他老人家一定很享受大梦初醒的轻松和快慰。

　　庄稼人在艰辛地劳作，他们的劳作不停地改变大地上的色彩。最为壮观的一种颜色是鹅黄——那是新秧苗的颜色。我为什么要说新秧苗的鹅黄是"最壮观"的呢？这是由秧苗的"性质"决定的。秧苗和任何一种庄稼都不一样，它要经过你的手，"一棵一棵"地、"一棵一棵"地、"一棵一棵"地插下去。在天空与大地之间，无边无垠的鹅黄意味着什么？意味着大地上密密麻麻的，全是庄稼人的指纹。鹅黄其实是明媚的，甚至是娇嫩的。因为辽阔，因为来自"手工"，它壮观了。我想告诉所有的画家，在我的老家，鹅黄实在是悲壮的。

我估计庄稼人是不会像画家那样注重色彩的，但是，也未必。"青黄不接"这个词一定是农民创造出来的。从这个意义上说，这个世界上最注重色彩的依然是庄稼人。一青一黄，一枯一荣，大地在缓慢地、急遽地做色彩的演变。庄稼人的悲欢骨子里就是两种颜色的疯狂轮转：青和黄。青黄是庄稼的颜色、庄稼的逻辑，说到底也是大地的颜色、大地的逻辑。是逻辑就不能出错，是逻辑就难免出错。在我伫立在田埂上的时候，我哪里能懂这些？我的瞳孔里头永远都是汪洋：鹅黄的汪洋——淡绿的汪洋——翠绿的汪洋——乌青的汪洋——青紫的汪洋——斑驳的汪洋——淡黄的汪洋——金光灿灿的汪洋。它们浩瀚，壮烈，同时也死气沉沉。我性格当中的孤独倾向也许就是在一片汪洋的岸边留下的，对一个孩子来说，对一个永无休止的旁观者来说，外部的浓烈必将变成内心的寂寥。

大地是色彩，也是声音。这声音很奇怪——你不能听，你一听它就没了，你不听它又来了。泥土在开裂，庄稼在抽穗，流水在浇灌，这些都是声音，像呢喃，像交头接耳，鬼鬼祟祟又坦坦荡荡，它们是枕边的耳语。麦浪和水稻的汹涌则是另一种音调，无数的、细碎的摩擦，叶对叶，芒对芒，秆对秆。无数的、细碎的摩擦汇聚起来了，波谷在流淌，从天的这一头一直滚到天的那一头，是啸聚。声音真的不算大，但是，架不住它的厚实与不绝，它成巨响的尾音，不绝如缕。尾音是尾音之后的尾音，恢宏是恢宏中间的恢宏。

还有气味。作为乡下人，我喜欢乡下人莫言。他的鼻子是一个天才。我喜欢莫言所有的关于气味的描述，每一次看到莫言的气味描写，我就知道了，我的鼻子是空的，有两个洞，从我的书房一直闻到莫言的书房，从我的故乡一直闻到莫言的故乡。

福楼拜在《包法利夫人》里说过："大自然充满诗意的感染，往往靠作家给我们。"这句话说得好。不管是大自然还是大地，它的诗意和感染力是作家提供出来的。无论是作为一个读者还是作为一个作者，我都要感谢福楼拜的谦卑和骄傲。

大地在那儿，还在那儿，一直在那儿，永远在那儿。这是泪流满面的事实。

湖畔夜饮

丰子恺

窗外有些微雨，月色朦胧。西湖不像昨夜的开颜发艳，却有另一种轻颦浅笑，温润静穆的姿态。

前天晚上，四位来西湖游春的朋友在我的湖畔小屋里饮酒。酒阑人散，皓月当空。湖水如镜，花影满堤。我送客出门，舍不得这湖上的春月，也向湖畔散步去了。柳荫下一条石凳，空着等我去坐，我就坐了，想起小时在学校里唱的春月歌："春夜有明月，都作欢喜相。每当灯火中，团团清辉上。人月交相庆，花月并生光。有酒不得饮，举杯献高堂。"觉得这歌词温柔敦厚，可爱得很！又念现在的小学生，唱的歌粗浅俚鄙，没有福分唱这样的好歌，可惜得很！回味那歌的最后两句，觉得我高堂俱亡，虽有美酒，无处可献，又感伤得很！三个"得很"逼得我立起身来，缓步回家。不然，恐怕把老泪掉在湖堤上，要被月魄花灵所笑了。

回进家门，家中人说，我送客出门之后，有一上海客人来访，其人名叫 CT（即郑振铎。——编者注），住在葛岭饭店。家中人告诉他，我在湖畔看月，他就向湖畔去拜我了。这是半小时以前的事，此刻时钟已指十时半。我想，CT找我不到，一定已经回旅馆去歇息了。当夜我就不去找他，自管睡觉了。第二天早晨，我到葛岭饭店去找他，他已经出门，茶役正在打扫他的房间。我留了一张名片，请他正午或晚上来我家共饮。正午，他没有来。晚上，他又没有来。料想他这上海人难得到杭州来，一见西湖，就整日寻花问柳，不回旅馆，没有看见我留在旅馆里的名片。我就独酌，照例饮尽一斤。

黄昏八点钟，我正在酩酊之余，CT来了。阔别十年，身经浩劫，他反而胖了，反而年轻了。他说我也还是老样子，不过头发白些。"十年离乱后，长大一相逢，问姓惊初见，称名忆旧容。"这诗句虽好，我们可以不唱。略略几句寒暄之后，我问他吃夜饭没有。他说，他是在湖滨吃了夜饭——也饮一斤酒——不回旅馆，一直来看我的。我留在他旅馆里的名片，他根本没有看到。我肚里的一斤酒，在这位青年时代共我在上海豪饮的老朋友面前，立刻消解得干干净净，清清醒醒。我说："我们再吃酒！"他说："好，不要什么菜蔬。"窗外有些微雨，月色朦胧。西湖不像昨夜的开颜发艳，却有另一种轻颦浅笑，温润静穆的姿态。昨夜宜于到湖边步月，今夜宜于在灯前和老友共饮。"夜雨剪春韭"，多么动人的诗句！可惜我没有家园，不曾种韭。即使我有园种韭，这晚上也不想去剪来和CT下酒。因为实际的韭菜，远不及诗中的韭菜的好吃。照诗句实行，是多么愚笨的事呀！

女仆端了一壶酒和四只盆子出来，酱鸭、酱肉、皮蛋和花生米，放在收音机旁的方桌上。我和CT就对坐饮酒。收音机上面的墙上，正好贴着一首我手写的数学家苏步青的诗："草草杯盘共一欢，莫因柴米话辛酸。春风已绿门前草，且耐余寒放眼看。"有了这诗，酒味特别的好。我觉得世间最好的酒肴，莫如诗句。而数学家的诗句，滋味尤为纯正。因为我又觉得，别的事都可有专家，而诗不可有专家。因为作诗就是做人。人做得好的，诗也做得好。倘说作诗有专家，非专家不能做诗，就好比说做人有专家，非专家不能做人，岂不可笑？因此，"专家"的诗，我不爱读。因为他们往往爱用古典，蹈袭传统；咬文嚼字，卖弄玄虚；扭扭捏捏，装腔作势；甚至神经过敏，出神见鬼。而非专家的诗，倒是直直落落，明明白白，天真自然，纯正朴茂，可爱得很。樽前有了苏步青的诗，桌上酱鸭、酱肉、皮蛋和花生米，味同嚼蜡；唾弃不足惜了！

我和CT共饮，另外还有一种美味的酒肴！就是话旧。阔别十年，身经浩劫。他沦陷在孤岛上，我奔走于万山中。可惊可喜，可歌可泣的话，越谈越多。谈到酒酣耳热的时候，话声都变了呼号叫啸，把睡在隔壁房间里的人都惊醒。谈到二十余年前他在宝山路商务印书馆当编辑，我在江湾立达学园教课时的事。他要看看我的子女阿宝、软软和瞻瞻——《子恺漫画》

里的三个主角，幼时他都见过的。瞻瞻现在叫作丰华瞻，正在北平北大研究院，我叫不到；阿宝和软软现在叫丰陈宝和丰宁馨，已经大学毕业而在中学教课了，此刻正在厢房里和她们的弟妹们练习平剧！我就喊她们来"参见"。CT用手在桌子旁边的地上比比，说："我在江湾看见你们时，只有这么高。"她们笑了，我们也笑了。这种笑的滋味，半甜半苦，半喜半悲。所谓"人生的滋味"，在这里可以浓烈地尝到。CT叫阿宝"大小姐"，叫软软"三小姐"。我说："《花生米不满足》《瞻瞻新官人，软软新娘子，宝姐姐做媒人》《阿宝两只脚，凳子四只脚》等画，都是你从我的墙壁上揭去，铸了锌板在《文学周报》上发表的。你这老前辈对她们小孩子又有什么客气？依旧叫'阿宝''软软'好了。"大家都笑。人生的滋味，在这里又浓烈地尝到了。

我们就默默地干了两杯。我见CT的豪饮，不减二十余年前。我回忆起了二十余年前的一件旧事。有一天，我在日升楼前走，遇见CT。他拉住我的手说："子恺，我们吃西菜去。"我说"好的"。他就同我向西走，走到新世界对面的晋隆西菜馆的楼上，点了两客公司菜，外加一瓶白兰地。吃完之后，仆欧送账单来。CT对我说："你身上有钱么？"我说："有！"摸出一张五元钞票来，把账付了。于是一同下楼，各自回家——他回到闸北，我回到江湾。过了一天，CT到江湾来看我，摸出一张拾元钞票来，说："前天要你付账，今天我还你。"我惊奇而又发笑，说："账回过算了，何必还我？更何必加倍还我呢？"我定要把拾元钞票塞进他的西装袋里去，他定要拒绝。坐在旁边的立达同事刘薰宇，就过来抢了这张钞票去，说："不要客气，拿到新江湾小店去吃酒吧！"大家赞成。于是号召了七八个人，夏丏尊先生、匡互生、方光焘都在内，到新江湾的小酒店里去吃酒。吃完这张拾元钞票时，大家都已烂醉了。此情此景，憬然在目。如今夏先生和匡互生均已作古，刘薰宇远在贵阳，方光焘不知又在何处。只有CT仍旧在这里和我共饮。这岂非人世难得之事！我们又浮两大白。

夜阑饮散，春雨绵绵。我留CT宿在我家，他一定要回旅馆。我给他一把雨伞，看他的高大身子在湖畔柳荫下的细雨中渐渐地消失了。我想："他明天不要拿两把伞来还我！"

乌篷船

周作人

夜间睡在舱中，听水声橹声，来往船只的招呼声，以及乡间的犬吠鸡鸣，也都很有意思。

子荣君：

接到手书，知道你要到我的故乡去，叫我给你一点什么指导。老实说，我的故乡，真正觉得可怀恋的地方，并不是那里；但是因为在那里生长，住过十多年，究竟知道一点情形，所以写这一封信告诉你。

我所要告诉你的，并不是那里的风土人情，那是写不尽的，但是你到那里一看也就会明白的，不必啰唆地多讲。我要说的是一种很有趣的东西，这便是船。你在家乡平常总坐人力车，电车，或是汽车，但在我的故乡那里这些都没有，除了在城内或山上是用轿子以外，普通代步都是用船。船有两种，普通坐的都是"乌篷船"，白篷的大抵作航船用，坐夜航船到西陵去也有特别的风趣，但是你总不便坐，所以我也就可以不说了。乌篷船大的为"四明瓦"（Sy-menngoa），小的为脚划船（划读如uoa）亦称小船。但是最适用的还是在这中间的"三道"，亦即三明瓦。篷是半圆形的，用竹片编成，中夹竹箬，上涂黑油，在两扇"定篷"之间放着一扇遮阳，也是半圆的，木作格子，嵌着一片片的小鱼鳞，径约一寸，颇有点透明，略似玻璃而坚韧耐用，这就称为明瓦。三明瓦者，谓其中舱有两道，后舱有一道明瓦也。船尾用橹，大抵两支，船首有竹篙，用以定船。船头着眉目，状如老虎，但似在微笑，颇滑稽而不可怕，唯白篷船则无之。三道船篷之高大约可以使你直立，舱宽可以放下一顶方桌，四个人坐着打麻将，——这个恐怕你也已学会了罢？小船则真是一叶扁舟，你坐在船底席上，篷顶离你的头有两三寸，你的两手可以搁在左右的舷上，还把手都露出在外边。在这种船里仿佛是在水面上坐，靠近田岸去时泥土便和你的眼鼻接近，而且遇着风浪，或是坐得少不小心，就会船底朝天，发生危险，但是也颇有趣味，是水乡的一种特色。不过你总可以不必去坐，最好还是坐那三道船罢。

你如坐船出去，可是不能像坐电车的那样性急，立刻盼望走到。倘若出城，走三四十里路（我们那里的里程是很短，一里才及英里三分之一），来回总要预备一天。你坐在船上，应该是游山的态度，看看四周物色，随处可见的山，岸旁的乌桕，河边的红蓼和白苹，渔舍，各式各样的桥，困倦的时候睡在舱中拿出随笔来看，或者冲一碗清茶喝喝。偏门外的鉴湖一带，贺家池，壶觞左近，我都是喜欢的，或者往娄公埠骑驴去游兰亭（但我劝你还是步行，骑驴或者于你不很相宜），到得暮色苍然的时候进城上都挂着薜荔的东门来，倒是颇有趣味的事。倘若路上不平静，你往杭州去时可于下午开船，黄昏时候的景色正最好看，只可惜这一带地方的名字我都忘记了。夜间睡在舱中，听水声橹声，来往船只的招呼声，以及乡间的犬吠鸡鸣，也都很有意思。雇一只船到乡下去看庙戏，可以了解中国旧戏的真趣味，而且在船上行动自如，要看就看，要睡就睡，要喝酒就喝酒，我觉得也可以算是理想的行乐法。只可惜讲维新以来这些演剧与迎会都已禁止，中产阶级的低能人别在"布业会馆"等处建起"海式"的戏场来，请大家买票看上海的猫儿戏。这些地方你千万不要去。——你到我那故乡，恐怕没有一个人认得，我又因为在教书不能陪你去玩，坐夜船，谈闲天，实在抱歉而且惆怅。川岛君夫妇现在偶山下，本来可以给你介绍，但是你到那里的时候他们恐怕已经离开故乡了。初寒，善自珍重，不尽。

水乡怀旧

周作人

只要店铺里有的，都可以替你买来，他们也不写账，回来时只凭着记忆，一件都不会遗漏或是错误。

住在北京很久了，对于北方风土已经习惯，不再怀念南方的故乡了，有时候只是提起来与北京比对，结果却总是相形见绌，没有一点儿夸示的意思。譬如说在冬天，民国初年在故乡住了几年，每年脚里必要生冻疮，到春天才脱一层皮，到北京后反而不生了，但是脚后跟的斑痕四十年来还是存在，夏天受蚊子的围攻，在南方最是苦事，白天想写点东西只有在蚊烟的包围中，才能勉强成功，但也说不定还要被咬上几口，北京便是夜里我也是不挂帐子的。但是在有些时候，却也要记起它的好处来的，这第一便是水。因为我的故乡是在浙东，乃是有名的水乡，唐朝杜荀鹤《送人游吴》的诗里说：

君到姑苏见，人家尽枕河。

古宫闲地少，水港小桥多。

他这里虽是说的姑苏，但在别一首里说："去越从吴过，吴疆与越连。"这话是不错的，所以上边的话可以移用，所谓

143

"人家尽枕河"，实在形容得极好。北京照例有春旱，下雪以后绝不下雨，今年到了六月还没有透雨，或者要等到下秋雨了吧。

在这样干巴巴的时候，虽是常有的几乎是每年的事情，便不免要想起那"水港小桥多"的地方有些事情来了。

在水乡的城里是每条街几乎都有一条河平行着，所以到处有桥，低的或者只有两三级，桥下才通行小船，高的便有六七级了。乡下没有这许多桥，可是汊港纷歧，走路就靠船只，等于北方的用车，有钱的可以专雇，工作的人自备有"出坂"船，一般普通人只好乘公共的通航船只。这有两种，其一名曰埠船，是走本县近路的，其二曰航船，走外县远路，大抵夜里开，次晨到达。埠船在城里有一定的埠头，早上进城，下午开回去，大抵水陆六七十里，一天里可以打来回的，就都称为埠船，埠船总数不知道共有多少，大抵中等的村子总有一只，虽是私人营业，其实可以算是公共交通机关，鲁迅短篇小说集《彷徨》里有一篇讲离婚的小说，说庄木三带领他的女儿往庞庄找慰老爷去，即是坐埠船去的，但是他在那里使用国语称作航船，小说又重在描画人物，关于埠船的东西没有什么描写。这是一种白篷的中型的田庄船，两旁直行镶板，并排坐人，中间可以搁放物件。船钱不过一二十文吧，看路的远近，也不一定。

乡村的住户是固定的，彼此都是老街坊，或者还是本家，上船一看乘客差不多是熟人，坐下就聊起天来，这里的空气与那远路多是生客的航船便很有点不同。航船走的多是从前的驿路，终点即是驿站，它的职业是送往迎来的事，埠船却办着本村的公用事业，多少有点给地方服务的意思，不单是营业，它不但搭客上下，传送信件，还替村里代办货物，无论是一斤麻油，一尺鞋面布，或是一斤淮蟹，只要店铺里有的，都可以替你买来，他们也不写账，回来时只凭着记忆，这是三六叔的旱烟五十六文，这是七斤嫂的布六十四文，一件都不会遗漏或是错误。它载人上城，并且还代人跑街，这是很方便的事，但是也或者有人，特别是女太太们，要嫌憎买的不很称心，那么只好且略等候，等"船店"到来的时候，自己买了。

城市里本有货郎担，挑着担子，手里摇着一种雅号"惊闺"或是"唤娇娘"的特制的小鼓，方言称之为"袋络担"，据孙德祖的《寄龛乙志》卷四里说："货郎担越中谓之袋络担，是货什杂布帛及丝线之属，其初盖以络索担囊橐衍且售，故云。"后来却是用藤竹织成，叠起来很高的一种箱担了，但在水乡大约因为行走不便，所以没有，却有一种便于水行的船店出来，来弥补这个缺憾。这外观与普通的埠船没有什么不同，平常一个人摇着橹，到得行近一个村庄，船里有人敲起小锣来，大家知道船店来了，一哄地出到河岸头，各自买需要的东西，大概除柴米外，别的日用品都可以买到，有洋油与洋灯罩，也有芒麻鞋面布和洋头绳，以及丝线。这是旧时代的办法，其实却很是有用的。我看见过这种船店，乘过这种埠船，还是在民国以前，时间经过了六十年，可能这些都已没有了也未可知，那么我所追怀的也只是前尘梦影了吧。不过如我上文所说，这些办法虽旧，用意却都是好的，近来在报上时常看见，有些售货员努力到山乡里去送什货，这实在即是开船店的意思，不过更是辛劳罢了。

水样的春愁

郁达夫

我一边回味着刚才在月光里和她两人相对时的沉醉似的恍惚，一边在心的底里，忽儿又感到了一点极淡极淡，同水一样的春愁。

洋学堂里的特殊科目之一，自然是伊利哇啦的英文。现在回想起来，虽不免有点觉得好笑，但在当时，杂在各年长的同学当中，和他们一样地曲着背，耸着肩，摇摆着身体，用了读《古文辞类纂》的腔调，高声朗诵着皮衣啤，皮哀排的精神，却真是一点儿含糊苟且之处都没有的。初学会写字母之后，大家所急于想一试的，是自己的名字的外国写法；于是教英文的先生，在课余之暇就又多了一门专为学生拼英文名字的工作。有几位想走捷径的同学，并且还去问过先生，外国百家姓和外国三字经有没有得买的？先生笑着回答说，外国百家姓和三字经，就只有你们在读的那一本泼剌玛的时候，同学们于失望之余，反更是皮哀排，皮衣啤地叫得起劲。当然是不用说的，学英文还没有到一个礼拜，几本当教科书用的《十三经注疏》、《御批通鉴辑览》的黄封面上，大家都各自用墨水笔题上了英文拼的歪斜的名字。又进一步，便是用了异样的发音，操英文说着"你是一只狗"，"我是你的父亲"之类的话，大家互讨便宜的混战；而实际上，有几位乡下的同学，却已经真的是两三个小孩子的父亲了。

因为一班之中，我的年龄算最小，所以自修室里，当监课的先生走后，另外的同学们在密语着哄笑着的关于男女的问题，我简直一点儿也感不到兴趣。从性知识发育落后的一点上说，我确不得不承认自己是一个最低能的人。又因自小就习于孤独，因于家境的结果，怕羞的心，畏缩的性，更使我的胆量，变得异常的小。在课堂上，坐在我左边的一位同学，年纪只比我大了一岁，他家里有几位相貌长得和他一样美的姊妹，并且住得也和学堂很近很近。因此，在校里，他就是被同学们苦缠得最厉害的一个；而礼拜天或假日，他的家里，就成了同学们的聚集的地方。当课余之暇，或放假期里，他原也恳切地邀过我几次，邀我上他家里去玩去；但形秽之感，终于把我的向往之心压住，曾有好几次想决心跟了他上他家去，可是到了他们的门口，却又同罪犯似的逃了。他以他的美貌，以他的财富和姊妹，不但在学堂里博得了绝大的声势，就是在我们那小小的县城里，也赢得了一般的好誉。而尤其使我羡慕的，是他的那一种对同我们是同年辈的异性们的周旋才略，当时我们县城里的几位相貌比较艳丽一点的女性，个个是和他要好的，但他也实在真胆大，真会取巧。

当时同我们在同年辈的女性，装饰入时，态度豁达，为大家所称道的，有三个。一个是一位在上海开店，富甲一邑的商人赵某的侄女；她住得和我最近。还有两个，也是比较富有的中产人家的女儿，在交通不便的当时，已经各跟了她们家里的亲戚，到杭州上海等地方去跑跑了；她们俩，却都是我那位同学的邻居。这三个女性的门前，当傍晚的时候，或月明的中夜，老有一个一个的黑影在徘徊；这些黑影的当中，有不少却是我们的同学。因为每到礼拜一的早晨，没有上课之先，我老听见有同学们在操场上笑说在一道，并且时时还高声地用着英文作了隐语，如"我看见她了！""我听见她在读书"之类。而无论在什么地方于什么时候的凡关于这一类的谈话的中心人物，总是课堂上坐在我的右边，年龄只比我大一岁的那一位天之骄子。

赵家的那位少女，皮色实在细白不过，脸形是瓜子脸；更因为她家里有了几个钱，而又时常上上海她叔父那里去走动的缘故，衣服式样的新异，自然可以不必说，就是做衣服的材料之类，也都是当时未开通的我们所不曾见过的。她们家里，只有一位寡母和一个年轻的女仆，而住的房子却很大很大。门前是一排柳树，柳树下还杂种着些鲜花；对面的一带红墙，是学宫的泮水围墙，泮池上的大树，枝叶垂到了墙外，红绿便映成着一色。当浓春将过，首夏初来的春三四月，脚踏着日光下石砌路上的树影，手捉着扑面飞舞的杨花，到这一条路上去走走，就是没有什么另外的奢望，也很有点像梦里的游行，更何况楼头窗里，时常会有那一张少女的粉脸出来向你抛一眼两眼的低眉斜视呢！此外的两个女性，相貌更是完整，衣饰也尽够美丽，并且因为她俩的住址接近，出来总在一道，平时在家，也老在一处，所以胆子也大，认识的人也多。她们在二十余年前的当时，已经是开放得很，有点像现代的自由女子了，因而上她们家里去鬼混，或到她们门前去守望的青年，数目特别的多，种类也自然要杂。

我虽则胆量很小，性知识完全没有，并且也有点过分的矜持，以为成日地和女孩子们混在一道，是读书人的大耻，是没出息的行为；但到底还是一个亚当的后裔，喉头的苹果，怎么也吐它不出咽它不下，同北方厚雪地下的细草萌芽一样，到得冬来，自然也难免得有些望春之意；老实说将出来，我偶尔在路上遇见她们中间的无论哪一个，或凑巧在她们门前走过一次的时候，心里也着实有点儿难受。

住在我那同学邻近的两位，因为距离的关系，更因为她们的处世知识比我长进，人生经验比我老成得多，和我那位同学当然是早已有过纠葛，就是和许多不分学生的青年男子，也各已有了种种的风说，对于我虽像是一种含有毒汁的妖艳的花，诱惑性或许格外的强烈，但明知我自己决不是她们的对手，平时不过于遇见的时候有点难为情的样子，此外倒也没有什么了不得的思慕，可是那一位赵家的少女，却整整地恼乱了我两年的童心。

我和她的住处比较得近，故而三日两头，总有着见面的机会。见面的时候，她或许是无心，只同对于其他的同年辈的男孩子打招呼一样，对我微笑一下，点一点头，但在我却感得同犯了大罪被人发觉了的样子，和她见面一次，马上要变得头昏耳热，胸腔里的一颗心突突地总有半个钟头好跳。因此，我上学去或下课回来；以及平时在家或出外去的时候，总无时无刻不在留心，想避去和她的相见。但遇到了她，等她走过去后，或用功用得很疲乏把眼睛从书本子举起的一瞬间，心里又老在盼望，盼望着她再来一次，再上我的眼面前来立着对我微笑一脸。

有时候从家中进出的人的口里传来，听说"她和她母亲又上上海去了，不知要什么时候回来？"我心里会同时感到一种像释重负又像失去了什么似的忧虑，生怕她从此一去，将永久地不回来了。

同芭蕉叶似地重重包裹着的我这一颗无邪的心，不知在什么地方，透露了消息，终于被课堂上坐在我左边的那位同学看穿了。一个礼拜六的下午，落课之后，他轻轻地拉着了我的手对我说："今天下午，赵家的那个小丫头，要上倩儿家去，你愿不愿意和我同去一道玩儿？"这里所说的倩儿，就是那两位他邻居的女孩子之中的一个的名字。我听了他的这一句密语，立时就涨红了脸，喘急了气，嗫嚅着说不出一句话来回答他，尽在拼命地摇头，表示我不愿意去，同时眼睛里也水汪汪地想哭出来的样子；而他却似乎已经看破了我的隐衷，得着了我的同意似地用强力把我拖出了校门。

到了倩儿她们的门口，当然又是一番争执，但经他大声地一喊，门里的三个女孩，却同时笑着跑出来了；已经到了她们的面前，我也没有什么别的办法了，自然只好俯着首，红着脸，同被绑赴刑场的死刑囚似地跟她们到了室内。经我那位同学带了滑稽的声调将如何把我拖来的情节说了一遍之后，她们接着就是一阵大笑。我心里有点气起来了，以为她们和他在侮辱我，所以于羞愧之上，又加了一层怒意。但是奇怪得很，两只脚却软落来了，心里虽在想一溜跑走，而腿神经终于不听命令。跟她们再到客房里去坐下，看他们四人捏起了骨牌，我连想跑的心思也早已忘掉，坐将在我那位同学的背后，眼睛虽则时时在注视着牌，但间或得着机会，也着实向她们的脸部偷看了许多次数。等她们的输赢赌完，一餐东道的夜饭吃过，我也居然和她们伴熟，有说有笑了。临走的时候，倩儿的母亲还派了我一个差使，点上灯笼，要我把赵家的女孩送回家去。自从这一回后，我也居然入了我那同学的伙，不时上赵家和另外的两女孩家去进出了；可是生来胆小，又加以毕业考试的将次到来，我的和她们的来往，终没有像我那位同学似的繁密。

正当我十四岁的那一年春天（一九〇九，宣统元年己酉），是旧历正月十三的晚上，学堂里于白天给予了我以毕业文凭及增生执照之后，就在大厅上摆起了五桌送别毕业生的酒宴。这一晚的月亮好得很，天气也温暖得像二三月的样子。满城的爆竹，是在庆祝新年的上灯佳节，我于喝了几杯酒后，心里也感到了一种不能抑制的欢欣。出了校门，踏着月亮，我的双脚，便自然而然地走向了赵家。她们的女仆陪她母亲上街去买蜡烛水果等过元宵的物品去了，推门进去，我只见她一个人拖着了一条长长的辫子，坐在大厅上的桌子边上洋灯底下练习写字听见了我的脚步声音，她头也不朝转来，只曼声地问了一声"是谁？"我故意屏着声，提着脚，轻轻地走上了她的背后，一使劲一口就把她面前的那盏洋灯吹灭了。月光如潮水似地浸满了这一座朝南的大厅，她于一声高叫之后，马上就把头朝这转来。我在月光里看见了她那张大理石似的嫩脸，和黑水晶似的眼睛，觉得怎么也熬忍不住了，顺势就伸出了两只手去，捏住了她的手臂。两人的中间，她也不发一语，我也并无一言，她是扭转了身坐着，我是向她立着的。她只微笑着看看我看看月亮，我也只微笑着看看她看看中庭的空处，虽然此处的动作，轻薄的邪念，明显的表示，一点儿也没有，但不晓怎样一般满足，深沉，陶醉的感觉，竟同四周的月光一样，包满了我的全身。

两人这样的在月光里沉默着相对，不知过了多久，终于她轻轻地开始说话了："今晚上你在喝酒？""是的，是在学堂里喝的。"到这里我才放开了两手，向她边上的一张椅子里坐了下去。"明天你就要上杭州去考中学去么？"停了一会，她又轻轻地问了一声。"嗳，是的，明朝坐快班船去。"两人又沉默着，不知坐了几多时候，忽听见门外头她母亲和女仆说话的声音渐渐儿的近了，她于是就忙着立起来擦洋火，点上了洋灯。

她母亲进到了厅上，放下了买来的物品，先向我说了些道贺的话，我也告诉了她，明天将离开故乡到杭州去；谈不上半点钟的闲话，我就匆匆告辞出来了。在柳树影里披了月光走回家来，我一边回味着刚才在月光里和她两人相对时的沉醉似的恍惚，一边在心的底里，忽儿又感到了一点极淡极淡，同水一样的春愁。

怀念 一袭 黑衣裳

林文月

但因为净黑的布料之上不宜残留打稿痕迹，便也唯有战战兢兢之一途了。

一向喜欢黑色的衣服，所以无论搬几次家，甚至在旅次中，打开衣橱，总有一大半各式各样的黑衣。黑色，以其高雅、稳重，在众多颜色中，成为我的偏好；唯黑色以其单调，质料与款式也是最需讲究。

　　衣橱就像是衣服的旅馆，多少衣服在其中悬挂暂留，也难免迁出离去。其所以离去迁出的理由不外有二：一是穿着者的体重增减变化，衣服不再称身；二是喜新厌旧，款式过时。多年以来，我的体重无甚大变化，所以众衣离橱的原因，盖属后者。曾经有过多少件黑色系列的衣裳在衣橱里悬挂而又离出？我已经无法计数，对于其中大部分的样式，甚至亦已不复记得。委实罪过。

　　唯独有一件黑色衣裳，十分令我怀念。

　　大概是二十年前吧；或许更早，亦未可知。那时的成衣不如现下，百货公司也尚未大兴如今日。台北的街头颇有一些小小的家庭式洋裁店。当时我家住现在已被夷为大马路、各种车辆飞驰的辛亥路近三总医院附近，那条消失的巷子被称为罗斯福路三段一七八巷。巷口的罗斯福路上有一家建坪大约只六坪左右的洋裁店。一位中年的女师傅，带领着三两个女工勤勤恳恳地营业着。

由于地理之便，加以老板悟性高，而且做工精细，索费不高，那家小洋裁店遂成为我时时光顾的地方。通常都是先在博爱路或衡阳路选购好衣料，再拿到店里翻看时装杂志挑款式。那个年代，台湾的杂志似乎还停留在文史与哲学类的单纯状态，未若今日分类专精，所以洋裁店只供日本与欧美的时装杂志，属于本地的付诸阙如。

小店的客人有限，老板保留着大部分老主顾的身材尺寸记录，故而只要将款式选定、料子交去，便可指日可待，并无须每回量身。有时候，我并不刻意翻书挑样，只用口述或画个大概，敏悟的她也能制作出我心目中的衣裳。

那一次，我买回一块稍具张力的正黑色料子，忽然想到自己加工，使玄墨的底色产生炫丽的效果。于是预先草拟服装的样式，拿去小店与老板商量。我的构想是：在胸前与袖口各镶绲细细红边，并且饰以彩色刺绣，刺绣的部分，由我自己负责，老板懂我的意思，并且同意我的计划，遂由她先行剪裁，数日以后让我取回前胸部分和两只长袖。那胸口呈圆弧形状，两袖则是袖端张开如同小喇叭的样式。

我在上海日租界读小学时，四年级以后，男生有木工课，女生则受女红教育，所以习得一些基本的针线知识。我尤其喜爱法国刺绣。用一套圆形的小木绷子，将布料绷得紧紧，将稍粗的绣线穿在大眼针中，以多种变化的针法绣出花卉、翎鸟等图样。后来回到台湾读中学，虽然也有家事课，却形同虚设，没有实际学到什么技艺。小学时代训练出来的刺绣技艺，则令我受用不尽，我始终保留着绣花绷子，遇着有好看颜色的法国绣线，尚且总是忍不住搜购的。

当初构想刺绣，本是一时兴起，并未有预先准备的蓝图和样本。拿到老板剪裁好的部分衣料后，便即自胸前那部分着手。在胸前正中央向圆形领口，我用红色为主，配以黄色、蓝色等，绣出由下而上，渐形变小的各色花朵。花蕊一律是浅黄色，枝叶一律是翠绿色。花朵枝叶，全采半图案化效果，有别于中国湘绣的写实，较近匈牙利刺绣的趣味。中央的部分完成后，开始绣右侧，在正中与肩部之间，另绣一串稍微小些、短些的花叶和枝茎，色彩调配与样式安排故意使与中央那一串同中有异，以求活泼变化。

中央和右侧的刺绣，随兴所至，任意而愉快，但轮及左侧，问题就发生了；因其必须与先前所绣成的右侧对称。我绣花和写文章一样，总不爱打草稿再誊书，喜欢认真下笔，一挥成章。但图案化的法国刺绣若左右异样，必然滑稽丑陋，所以只得一针一剐蹈袭先前之随兴。费神费时，有倍于前时。

我在张开如同小喇叭的袖端外侧，也大略依胸前的安排绣成三串大小的花朵与枝叶。而刺绣袖口的花样，除了与胸前部分左右对称有同等苦衷，又因左右两袖必须完全统一，所以困难更胜于胸前部分的工作。但因为净黑的布料之上不宜残留打稿痕迹，便也唯有战战兢兢之一途了。

而克服了困难与挑战，舒展三片绣成的衣料，私自欣赏，觉得心中充满了成就的喜悦！

趁黄昏天未暗前，我把绣成的三片送去巷口的洋裁店。老板和三个年轻的女工看到摊开在裁衣桌上的绚烂刺绣，不禁都暂停手中的活儿，围观称赞起来。

三日后，我依约去取衣。那衣裳悬挂在墙上最明显的部位，十分引人注目。玄墨正黑的衣料上，因为胸前及袖端的细致绲边，与正红色为主调的彩色法国刺绣相映成趣，高雅中复流露着艳丽。那正是我心目中的华衣。"好多人来问我们，这衣服怎么做成的？"老板喜悦地说："其实，昨天就做好了。故意多挂一天，让大家欣赏欣赏。""真的好看哟！"女工们也欢愉地赞赏。"是你们替我完成的。"我倒有些腼腆起来。仿佛很久以前，小学、中学时期，有时作文或绘画作品被张贴在教室后头或礼堂侧面的布告栏里，走过那附近曾也有过类似的腼腆经验。

那件衣裳是在迷你装和布袋装流行的时代制成，但我要求老板不要剪裁得太短，以配合我的职业和身份，而小领口及收敛的Ａ字型裙摆，则又可以在任何流行与不流行的时候穿着，所以存放衣橱里悬挂了许久。偶在稍稍正式的场合穿着它；甚至在喜庆的场合，亦因其绚烂的刺绣而允当合宜，也曾经带出国，在一些国际性会议的夜晚聚会里替我增添过一些风采。

我喜爱那件衣裳，因为它几乎是我的作品：其实就是我的作品。我已经不记得在衣橱里悬挂了多久，其实，也并不是经常去穿着它，有时候甚至好像忘了它的存在；就像一本昔日出版的书，搁置在书架上，并不一定时时去翻阅，但总知道它就在那里。直到有一天，我把那件曾经花了心血的作品送出去，才猛然意识到永远失去了它，再也看不到了。书送出去，是可以再买的，纵令绝版的书，也容或有再版的可能；但我的黑衣裳却没有再版的可能。

送出黑衣裳，是出于被动状况。

也是多年以前的事情了。当时为了援助泰北金三角的华裔子弟，台湾的文坛发起女性作者义卖文学作品以外的"作品"。我受邀赞助，觉得义不容辞。但环顾四周，繁忙的生活中，一时真找不到有什么可以义卖的非文字的作品，所以便将在衣橱内挂了多时的那件衣裳交给来收件的人。

送出去后，即刻懊悔了。翌日赶到义卖现场，想自己把它买回来，但为时已晚。工作人员告诉我，甫一展出，即有人高价订购。我只能对那展现于玻璃橱内熟悉的衣裳投注最后一瞥，怅惘离去。

这许多年以来，我时常怀念那件黑衣裳。订购的人想必是有情义的善心人，然则我的衣裳或者仍安然存在于我所不知道的某一个地方吧。

在只认衣裳不认人的「洋场」，「自取其辱」是没人同情的啊！

我把我的童稚的幻想，
拴在这苍老的枝干上。

对着它，我描画着自己种种涂着彩色的幻象。

生怕她从此一去，将永久地不回来了。

粽子里的乡愁

母亲细嫩的手艺，和琐琐屑屑的事，都只能在不尽的怀念中追寻了。

琦君

异乡客地，愈是没有年节的气氛，愈是怀念旧时代的年节情景。

端阳是个大节，也是母亲大忙特忙、大显身手的好时光。想起她灵活的双手，裹着四角玲珑的粽子，就好像马上闻到那股子粽香了。

母亲的粽子，种类很多，莲子红枣粽只包少许几个，是专为供佛的素粽。荤的豆沙粽、猪肉粽、火腿粽可以供祖先，供过以后称之谓"子孙粽"。吃了将会保佑后代儿孙绵延。包得最多的是红豆粽、白米粽和灰汤粽。一家人享受以外，还要布施乞丐。母亲总是为乞丐大量准备一些，美其名曰"富贵粽"。

我最最喜欢吃的是灰汤粽。是用早稻草烧成灰，铺在白布上，拿开水一冲。滴下的热汤呈深褐色，内含大量的碱。把包好的白米粽浸泡灰汤中一段时间（大约一夜晚吧），提出来煮熟，就是浅咖啡色带碱味的灰汤粽。那股子特别的清香，是其他粽子所不及的。我一口气可以吃两个，因为灰汤粽不但不碍胃，反而有帮助消化之功。过节时若吃得过饱，母亲就用灰汤粽焙成灰，叫我用开水送服，胃就舒服了。完全是自然食物的自然治疗法。母亲常说我是从灰汤粽里长大的。几十年来，一想起灰汤粽的香味，就神往同年与故乡的快乐时光。但在今天到哪里去找早稻草烧出灰来冲灰汤呢？

端午节那天，乞丐一早就来讨粽子。真个是门庭若市。我帮着长工阿荣提着富贵粽，一个个地分。忙得不亦乐乎。乞丐常常高声地喊："太太，高升点（意谓多给点）。明里去了暗里来，积福积德，保佑你大富大贵啊！"母亲总是从厨房里出来，连声说："大家有福，大家有福。"

乞丐去后，我问母亲："他们讨饭吃，有什么福呢？"母亲正色道："不要这样讲。谁能保证一生一世享福？谁又能保证下一世有福还是没福？福是要靠自己修的。时时刻刻要存好心，要惜福最要紧。他们做乞丐的，并不是一个个都是好吃懒做的，有的是一时做错了事，败了家业。有的是上一代没积福，害了他们。你看那些孩子，跟着爹娘日晒夜露地讨饭，他们做错了什么，有什么罪过呢？"

母亲的话，在我心头重重地敲了一下。因而每回看到乞丐们背上背的婴儿，小脑袋晃来晃去，在太阳里晒着，雨里淋着，心里就有说不出的难过。当我把粽子递给小乞丐时，他们伸出黑漆漆的双手接过去，嘴里说着："谢谢你啊！"眼睛睁得大大的，看我一身的新衣服。他们有许多都和我差不多年纪，差不多高矮。我就会想，他们为什么当乞丐，我为什么住这样大房子，有好东西吃，有书读？想想妈妈说的，谁能保证一生一世享福，心里就害怕起来。

有一回，一个小女孩悄声对我说："再给我一个粽子吧。我阿婆有病走不动，我带回去给她吃。"我连忙给她一个大大的灰汤粽。她又说："灰汤粽是咬食的（帮助消化），我们没有什么肉吃呀。"我听了很难过，就去厨房里拿一个肉粽给她，她没有等我，已经走得很远了。我追上去把粽子给她。我说："你有阿婆，我没有阿婆了。"她看了我半晌说："我也没有阿婆，是我后娘叫我这么说的。"我吃惊地问："你后娘？"她说："是啊！她常常打我，用手指甲掐我，你看我手上脚上都有紫印。"

听了她的话，我眼泪马上流出来了，我再也不嫌她脏，拉着她的手说："你不要讨饭了，我求妈妈收留你，你帮我们做事，我们一同玩，我教你认字。"她静静地看着我，摇摇头说："我没这个福分。"

她甩开我的手，很快地跑了。

我回来呆呆地想了好久，告诉母亲，母亲也呆呆地想了好

173

久，叹口气说："我也不知道要怎样做才周全，世上苦命的人太多了。"

日月飞逝，那个讨粽子的小女孩，她一脸悲苦的神情，她一双吃惊的眼睛，和她坚决地快跑而逝的背影，时常浮现我心头，她小小年纪，是真的认命，还是更喜欢过乞讨的流浪生活。如果她仍在人间的话，也已是年逾七旬的老妪了。人世茫茫，她究竟活得怎样，活在哪里呢？

每年的端午节来临时，我很少吃粽子，更无从吃到清香的灰汤粽。母亲细嫩的手艺，和琐琐屑屑的事，都只能在不尽的怀念中追寻了。

母亲的记忆

孙犁

家境小康以后，母亲对于村中的孤苦饥寒，尽力周济，对于过往的人，凡有求于她，无不热心相帮。

母亲生了七个孩子，只养活了我一个。一年，农村闹瘟疫，一个月里，她死了三个孩子。爷爷对母亲说：

　　"心里想不开，人就会疯了。你出去和人们斗斗纸牌吧！"

　　后来，母亲就养成了春冬两闲和妇女们斗牌的习惯；并且常对家里人说：

　　"这是你爷爷吩咐下来的，你们不要管我。"

　　麦秋两季，母亲为地里的庄稼，像疯了似的劳动。她每天一听见鸡叫就到地里去，帮着收割、打场。每天很晚才回到家里来。她的身上都是土，头发上是柴草。蓝布衣裤汗湿得泛起一层白碱，她总是撩起褂子的大襟，抹去脸上的汗水。

　　她的口号是："争秋夺麦！""养兵千日，用兵一时！"一家人谁也别想偷懒。

　　我生下来，就没有奶吃。母亲把馍馍晾干了，再粉碎煮成糊喂我。我多病，每逢病了，夜间，母亲总是放一碗清水在窗台上，祷告过往的神灵。母亲对人说："我这个孩子，是不会孝顺的，因为他是我烧香还愿，从庙里求来的。"

家境小康以后，母亲对于村中的孤苦饥寒，尽力周济，对于过往的人，凡有求于她，无不热心相帮。有两个远村的尼姑，每年麦秋收成后，总到我们家化缘。母亲除给她们很多粮食外，还常留她们食宿。我记得有一个年轻的尼姑，长得眉清目秀。冬天住在我家，她怀揣一个蝈蝈葫芦，夜里叫得很好听，我很想要。第二天清早，母亲告诉她，小尼姑就把蝈蝈送给我了。

　　抗日战争时，村庄附近，敌人安上了炮楼。一年春天，我从远处回来，不敢到家里去，绕到村边的场院小屋里。母亲听说了，高兴得不知给孩子什么好。家里有一棵月季，父亲养了一春天，刚开了一朵大花，她折下就给我送去了。父亲很心痛，母亲笑着说："我说为什么这朵花，早也不开，晚也不开，今天忽然开了呢，因为我的儿子回来，它要先给我报个信儿！"

　　一九五六年，我在天津，得了大病，要到外地去疗养。那时母亲已经八十多岁，当我走出屋来，她站在廊子里，对我说：

　　"别人病了往家里走，你怎么病了往外走呢！"

　　这是我同母亲的永诀。我在外养病期间，母亲去世了，享年八十四岁。

青春余梦

孙犁

我的青春，价值如何？是欢乐多，还是痛苦多？是安逸享受多，还是颠沛流离多？

我住的大杂院里，有一棵大杨树，树龄至少有七十年了。它有两围粗，枝叶茂密。经过动乱、地震，院里的花草树木，都破坏了，唯独它仍然矗立着。这样高大的树木，在这个繁华的大城市，确实少见了。

　　我幼年时，我们家的北边，也有一棵这样大的杨树。我的童年，有很多时光是在它的下面、它的周围度过的。我不只在秋风起后，在那里拣过杨叶，用长长的柳枝穿起来，像一条条的大蜈蚣；在春天度荒年的时候，我还吃过杨树飘落的花，那可以说是最苦最难以下咽的野菜了。

　　现在我已经老了，蛰居在这个大院里，不能再向远的地方走去，高的地方飞去。每年冬季，我要升火炉，劈柴是宝贵的，这棵大杨树帮了我不少忙。霜冻以后，它要脱落很多干枝，这种干枝，稍稍晒干，就可以生火，很有油性，很容易点着。每听到风声，我就到它下面去拣拾这种干枝，堆在门外，然后把它们折断晒干。

　　在这些干枝的表皮上，还留有绿的颜色，在表皮下面，还有水分。我想：它也是有过青春的呀！正像我也有过青春一样。然而它现在干枯了，脱落了，它不是还可以帮助别人升起火炉取暖吗？

是为序。

我的青春的最早阶段，是在保定育德中学度过的。保定是一座古老的城市，荒凉的城市，但也是很便于读书的城市。在这个城市，我待了六年时间。在课堂上，我念英语，演算术。在课外，我在学校的图书馆，领了一个小木牌，把要借的书名写在上面，交给在小窗口等待的管理员，就可以拿到要看的书。图书管理员都是博学之士。星期天，我到天华市场去看书，那里有一家卖文具的小铺子，代卖各种新书。我可以站在那里翻看整整半天，主人不会干涉我。我在他那里看过很多种新书，只买过一本。这本书，我现在还保存着。我不大到商务印书馆去，它的门半掩着，柜台很高，望不见它摆的书籍。

读书的兴趣是多变的，忽然想看古书了；又忽然想看外国文学了；又忽然想研究社会科学了，这都没有关系。尽量去看吧，每一种学科，都多读几本吧。

后来，我又流浪到北平去了。除了买书看书，我还好看电影，好听京戏，迷恋着一些电影明星，一些科班名角。我住在东单牌楼，晚上，一个人走着到西单牌楼去看电影，到鲜鱼口去听京戏。那时长安大街多么荒凉、多么安静啊！一路上，很少遇到行人。

各种艺术都要去接触。饥饿了，就掏出剩下的几个铜板，坐在露天的小饭摊上，吃碗适口的杂菜烩饼吧。

有一阵子，我还好歌曲，因为民族的苦难太深重了，我们要呼喊。

无论保定和北平，都曾使我失望过，痛苦过。但也都给过我安慰和鼓舞，留下的印象是深刻的。我在那里得到过朋友们的帮助，也爱过人，同情过人。写过诗，写过小说，都没有成功。我又回到农村来了，又听到杨树叶子，哗哗地响着。

后来，我参加了抗日战争，关于这，我写得已经很多了。

战争，充实了我的青春，也结束了我的青春。

我的青春，价值如何？是欢乐多，还是痛苦多？是安逸享受多，还是颠沛流离多？是虚度，还是有所作为，都不必去总结了。时代有总的结论，总的评价。个人是一滴水，如果滴落在江河，流向大海，大海是不会枯竭的。正像杨树虽有脱落的枝叶，它的本身是长存的。我祝愿它长存！

是为本文。

乡土情结

柯灵

童年的烙印，却像春蚕作茧，紧紧地包着自己，又像文身的花纹，一辈子附在身上。

君自故乡来，应知故乡事，来日绮窗前，寒梅著花未？

——王维

　　每个人的心里，都有一方魂牵梦萦的土地。得意时想到它，失意时想到它。逢年逢节，触景生情，随时随地想到它。海天茫茫，风尘碌碌，酒阑灯炧人散后，良辰美景奈何天，洛阳秋风，巴山夜雨，都会情不自禁地惦念它。离得远了久了，使人愁肠百结："客舍并州数十霜，归心日夜忆咸阳，无端又渡桑乾水，却望并州是故乡。"好不容易能回家了，偏又忐忑不安："岭外音书断，经冬复历春。近乡情更怯，不敢问来人。"异乡人这三个字，听起来音色苍凉；"他乡遇故知"，则是人生一快。一个怯生生的船家女，偶尔在江上听到乡音，就不觉喜上眉梢，顾不得娇羞，和隔船的陌生男子搭讪："君家居何处？妾住在横塘。停船暂借问，或恐是同乡。"辽阔的空间，悠邈的时间，都不会使这种感情褪色：这就是乡土情结。

人生旅途崎岖修远，起点站是童年。人第一眼看见的世界——几乎是世界的全部，就是生我育我的乡土。他开始感觉饥饱寒暖，发为悲啼笑乐。他从母亲的怀抱，父亲的眼神，亲族的逗弄中开始体会爱。但懂得爱的另一面——憎和恨，却须在稍稍接触人事以后。乡土的一山一水，一虫一鸟，一草一木，一星一月，一寒一暑，一时一俗，一丝一缕，一饮一啜，都溶化为童年生活的血肉，不可分割。而且可能祖祖辈辈都植根在这片土地上，有一部悲欢离合的家史。在听祖母讲故事的同时，就种在小小的心坎里。邻里乡亲，早晚在街头巷尾、桥上井边、田塍篱角相见，音容笑貌，闭眼塞耳也彼此了然，横竖呼吸着同一的空气，濡染着同一的风习，千丝万缕沾着边。一个人为自己的一生定音定调定向定位，要经过千磨百折的摸索，前途充满未知数，但童年的烙印，却像春蚕作茧，紧紧地包着自己，又像文身的花纹，一辈子附在身上。

"金窝银窝，不如家里的草窝。"但人是不安分的动物，多少人仗着年少气盛，横一横心，咬一咬牙，扬一扬手，向恋恋不舍的家乡告别，万里投荒，去寻找理想，追求荣誉，开创事业，富有浪漫气息。有的只是一首朦胧诗，——为了闯世界。多数却完全是沉重的现实主义格调：许多稚弱的童男童女，为了维持最低限度的生存要求，被父母含着眼泪打发出

188

门，去串演各种悲剧。人一离开乡土，就成了失根的兰花，逐浪的浮萍，飞舞的秋蓬，因风四散的蒲公英，但乡土的梦，却永远追随着他们。"慈母手中线，游子身上衣"，这根线的长度，足够绕地球三匝，随卫星上天。

浪荡乾坤的结果，多数是少年子弟江湖老，黄金、美人、虚名、实惠，都成了竹篮打水一场空。有的侘傺无聊，铩羽而归。有的春花秋月，流连光景，"未老莫还乡，还乡须断肠。"有的倦于奔竞，跳出名利场，远离是非地，"只应守寂寞，还掩故园扉。"有的素性恬淡，误触尘网，不愿为五斗米折腰，归去来兮，种菊东篱，怡然自得。——但要达到这境界，至少得有几亩薄田，三间茅舍作退步，否则就只好寄人篱下，终老他乡。只有少数中的少数，个别中的个别，在亿万分之一的机会里冒险成功，春风得意，衣锦还乡。——"富贵不归故乡，如衣绣夜行，谁知之者！"这句名言的创作者是楚霸王项羽，但他自己功败垂成，并没有做到。他带着江东八千子弟出来造反，结果无一生还，自觉无颜再见江东父老，毅然在乌江慷慨自刎。项羽不愧为盖世英雄，论力量对比，他比他的对手刘邦强得多，但在政治策略上棋输一着：他自恃无敌，所过大肆杀戮，乘胜火烧咸阳；而刘邦虽然酒色财货无所不好，入关以后，却和百姓约法三章，秋毫无犯，终于天下归心，奠定了汉室江山，当了皇上。回到家乡，大摆筵席，宴请故人父老兄弟，狂歌酣舞，足足闹了十几天。"大风起兮云飞扬，威加海内兮归故乡，安得猛士兮守四方！"这就是刘邦当时的得意之作，载在诗史，流传至今。

灾难使成批的人流离失所，尤其是战争，不但造成田园寥落，骨肉分离，还不免导致道德崩坏，人性扭曲。刘邦同项羽交战败北，狼狈逃窜，为了顾自己轻车脱险，三次把未成年的亲生子女狠心从车上推下来。项羽抓了刘邦的父亲当人质，威胁要烹了他，刘邦却说：咱哥儿们，我爹就是你爹，你要是烹了他，别忘记"分我杯羹"。为了争天下，竟可以丧心病狂到这种地步！当然，战争有正义与非正义之分，"国家兴亡，匹夫有责"；"匈奴未灭，何以家为"；"四方丈夫事，平心铁石心"；"男儿何不带吴钩，收取关山五十州"，都是千古美谈。但正义战争的终极目的，正在于以战止战、缔造和平，而不是以战养战、以暴易暴。比灾难、战争更使人难以为怀的，是放逐：有家难归，有国难奔。屈原、贾谊、张俭、韩愈、柳宗元、苏东坡，直至康有为、梁启超，真可以说无代无之。——也许还该特别提一提林则徐，这位揭开中国近代史开宗明义第一章的伟大爱国前贤，为了严禁鸦片，结果获罪革职，遣戍伊犁。他在赴戍登程的悲凉时刻，口占一诗，告别家人："苟利国家生死以，岂因祸福避趋之。谪居正是君恩厚，养拙刚于戍卒宜。"百年后重读此诗，还令人寸心如割，百脉沸涌，两眼发酸，低回歔欷不已。

安土重迁是中华民族的传统，我们祖先有个根深蒂固的观念，以为一切有生之伦，都有返本归元的倾向：鸟恋旧林，鱼思故渊，胡马依北风，狐死必首丘，树高千丈，落叶归根。有一种聊以慰情的迷信，还以为人在百年之后，阴间有个望乡台，好让死者的幽灵在月明之夜，登台望一望阳世的亲人。但这种缠绵的情致，并不能改变冷酷的现实，百余年来，许多人依然不得不离乡别井，乃至漂洋过海，谋生异域。有清一代，出国的华工不下一千万，足迹遍于世界，新兴资本主义国家的金矿、铁路、种植园里，渗透了他们的血汗。美国南北战争以后，黑奴解放了，我们这些黄皮肤的同胞，恰恰以刻苦、耐劳、廉价的特质，成了奴隶劳动的后续部队，他们当然做梦也没有想到什么叫人权。为了改变祖国的命运，孙中山领导的革命运动发轫于美国檀香山，第一代中国共产党人，很多曾在法国勤工俭学。改革开放后掀起的出国潮，汹涌澎湃，方兴未艾。还有一种颇似难料而其实易解的矛盾现象：鸦片战争期间被清王朝割弃的香港，经过一百五十年的沧桑世变，终于回到了祖国的怀抱，这是何等的盛事！而不少生于斯、食于斯、惨淡经营于斯的香港人，却看作"头上一片云"，宁愿抛弃家业，纷纷作移民计。这一代又一代炎黄子孙浮海远游的潮流，各有其截然不同的背景、色彩和内涵，不可一概而论，却都是时代浮沉的倒影，历史浩荡前进中飞溅的浪花。民族向心力的凝聚，并不取决于地理距离的远近。我们第一代的华侨，含辛茹苦，寄籍外洋，生儿育女，却世代翘首神州，不忘桑梓之情，当祖国需要的时候，他们都做了慷慨的奉献。香港蕞尔一岛，从普通居民到各业之王、绅士爵士、翰苑名流，对大陆踊跃输将，表示休戚相关、风雨同舟的情谊，是近在眼前的动人事例。"美不美，故乡水，亲不亲，故乡人"，此中情味，离故土越远，就体会越深。

科学进步使天涯比邻，东西文化的融会交流使心灵相通，地球会变得越来越小。但乡土之恋不会因此消失。株守乡井，到老没见过轮船火车，或者魂丧域外，漂泊无归的现象，早该化为陈迹。我们应该有鹏举鸿飞的豪情，鱼游濠水的自在，同时拥有温暖安稳的家园，还有足以自豪的祖国，屹立于现代世界文明之林。

赋得永久的悔

季羡林

我无论如何也回忆不起母亲的笑容来，她好像是一辈子都没有笑过。

题目是韩小蕙小姐出的，所以名之曰"赋得"。但文章是我心甘情愿作的，所以不是八股。

　　我为什么心甘情愿作这样一篇文章呢？一言以蔽之，题目出得好，不但实获我心，而且先获我心：我早就想写这样一篇东西了。

　　我已经到了望九之年。在过去的七八十年中，从乡下到城里，从国内到国外，从小学、中学、大学到洋研究院，从"志于学"到超过"从心所欲不逾矩"，曲曲折折，坎坎坷坷，既走过阳关大道，也走过独木小桥；既经过"山重水复疑无路"，又看到"柳暗花明又一村"，喜悦与忧伤并驾，失望与希望齐飞，我的经历可谓多矣。要讲后悔之事，那是俯拾皆是。要选其中最深切、最真实、最难忘的悔，也就是永久的悔，那也是唾手可得，因为它片刻也没有离开过我的心。

　　我这永久的悔就是：不该离开故乡，离开母亲。

　　我出生在鲁西北一个极端贫困的村庄里。我们家是贫中之贫，真可以说是贫无立锥之地。我祖父母早亡，留下了我父亲等三个兄弟，孤苦伶仃，无依无靠。最小的一叔送了人。我父亲和九叔饿得没有办法，只好到别人家的枣林里去捡落到地上的干枣充饥。这当然不是长久之计。最后兄弟俩被逼背井离乡，盲流到济南去谋生。此时他俩也不过十几二十岁。在举目无亲的大城市里，必然是经过千辛万苦，九叔在济南落住了脚。于是我父亲就回到了故乡，说是农民，但又无田可耕。又必然是经过千辛万苦，九叔从济南有时寄点钱回家，父亲赖以生活。不知怎么一来，竟然寻上了媳妇，她就是我的母亲。母亲的娘家姓赵，门当户对，她家穷得同我们家差不多，否则也绝不会结亲。她家里饭都吃不上，哪里有钱、有闲上学。所以我母亲一个字也不识，活了一辈子，连个名字都没有。她家是在另一个庄上，离我们庄五里路。这个五里路就是我母亲毕生所走的最长的距离。

我，就出生在这样一个家庭里，就有这样一位母亲。

后来听人说，我们家那时只有半亩多地。一家三口人就靠这半亩多地生活。城里的九叔当然还会给点接济，然而像中湖北水灾奖那样的事儿，一辈子有一次也不算少了。九叔没有多少钱接济他的哥哥了。

家里日子是怎样过的，我年龄太小，说不清楚。反正吃得极坏，这个我是懂得的。按照当时的标准，吃"白的"（指麦子面）最高，其次是吃小米面或棒子面饼子，最次是吃红高粱饼子，颜色是红的，像猪肝一样。"白的"与我们家无缘。"黄的"（小米面或棒子面饼子颜色都是黄的）与我们缘分也不大。终日为伍者只有"红的"。这"红的"又苦又涩，真是难以下咽。但不吃又害饿，我真有点谈"红"色变了。

但是，小孩子也有小孩子的办法。我祖父的堂兄是一个举人，他的夫人我喊她奶奶。她的亲孙子早亡，所以把全部的钟爱都倾注到我身上来。她是整个官庄能够吃"白的"的仅有的几个人之一。她不但自己吃，而且每天都给我留出半个或者四分之一个白面馍馍来。我每天早晨一睁眼，立即跳下炕来向村里跑，我们家住在村外。我跑到大奶奶跟前，清脆甜美地喊上一声："奶奶！"她立即笑得合不上嘴，把手缩回到肥大的袖子，从口袋里掏出一小块馍馍，递给我，这是我一天最幸福的时刻。

此外，我也偶尔能够吃一点"白的"，这是我自己用劳动换来的。一到夏天麦收季节，我们家根本没有什么麦子可收。对门住的宁家大婶子和大姑——她们家也穷得够呛——就带我到本村或外村富人的地里去"拾麦子"。所谓"拾麦子"就是别家的长工割过麦子，总还会剩下那么一点点麦穗，这些都是不值得一捡的，我们这些穷人就来"拾"。因为剩下的绝不会多，我们拾上半天，也不过拾半篮子，然而对我们来说，这已经是如获至宝了。为了对我加以奖励，麦季过后，母亲便把麦子磨成面，蒸成馍馍，或贴成白面饼子，让我解馋。我于是就大快朵颐了。

记得有一年，我拾麦子的成绩也许是有点"超常"。到了中秋节——农民嘴里叫"八月十五"——母亲不知从哪里弄了点月饼，给我掰了一块，我就蹲在一块石头旁边，大吃起来。在当时，对我来说，月饼可真是神奇的好东西，龙肝凤髓也难以比得上的，我难得吃一次。我当时并没有注意，母亲是否也在吃。现在回想起来，她根本一口也没有吃。不但是月饼，连其他"白的"，母亲从来都没有尝过，都留给我吃了。她大概是毕生就与红色的高粱饼子为伍。到了灾年，连这个也吃不上，那就只有吃野菜了。

至于肉类，吃的回忆似乎是一片空白。我姥娘家隔壁是一家卖煮牛肉的作坊。给农民劳苦耕耘了一辈子的老黄牛，到了老年，耕不动了，几个农民便以极其低的价钱买来，用极其野蛮的办法杀死，把肉煮烂，然后卖掉。姥娘家穷，虽然极其疼爱我这个外孙，也只能用土罐子，花几个制钱，装一罐子牛肉汤，聊胜于无。记得有一次，罐子里多了一块牛肚子。这就成了我的专利。我舍不得一气吃掉，就用生了锈的小铁刀，一块一块地割着吃，慢慢地吃。这一块牛肚真可以同月饼媲美了。

"白的"、月饼和牛肚难得，"黄的"怎样呢？"黄的"也同样难得。但是，尽管我只有几岁，却也想出了办法。到了春、夏、秋三个季节，庄外的草和庄稼都长起来了。我就到庄外去割草，或者到人家高粱地里去劈高粱叶。我二大爷家是有地的，经常养着两头大牛。我这草和高粱叶就是给它们准备的。每当我这个不到三块豆腐干高的孩子背着一大捆草或高粱叶走进二大爷的大门，我心里有所恃而不恐，把草放在牛圈里，赖着不走，总能蹭上一顿"黄的"吃，不会被二大娘"捲"（我们那里的土话，意思是"骂"）出来。到了过年的时候，自己心里觉得，在过去的一年里，自己喂牛立了功，又有了勇气到二大爷家里赖着吃黄面糕。黄面糕是用黄米面加上枣蒸成的。颜色虽黄，却位列"白的"之上，因为一年只在过年时吃一次，"物以稀为贵"，于是黄面糕就贵了起来。

我在母亲身边只待到六岁，以后两次奔丧回家，待的时间也很短。现在我回忆起来，连母亲的面影都是迷离模糊的，没有一个清晰的轮廓。特别有一点，让我难解而又易解：我无论如何也回忆不起母亲的笑容来，她好像是一辈子都没有笑过。家境贫困，儿子远离，她受尽了苦难，笑容从何而来呢？有一次我回家听对面的宁大婶子告诉我说："你娘经常说：'早知道送出去回不来，我无论如何也不会放他走的！'"简短的一句话里面含着多少辛酸、多少悲伤啊！母亲不知有多少日日夜夜，眼望远方，盼望自己的儿子回来！然而这个儿子却始终没有归去，一直到母亲离开这个世界。

对于这个情况，我最初懵懵懂懂，理解得并不深刻。到了上高中的时候，自己大了几岁，逐渐理解了。但是自己寄人篱下，经济不能独立，空有雄心壮志，怎奈无法实现，我暗暗地下定了决心，立下了誓愿：一旦大学毕业，自己找到工作，立即迎养母亲。然而没有等到我大学毕业，母亲就离开我走了，永远永远地走了。古人说"树欲静而风不止，子欲养而亲不待"，这话正应到我身上，我不忍想象母亲临终时思念爱子的情景。一想到，我就会心肝俱裂，眼泪盈眶。当我从北平赶回济南，又从济南赶回清平奔丧的时候，看到了母亲的棺材，看到那简陋的屋子，我真想一头撞死在棺材上，随母亲于地下。我后悔，我真后悔，我千不该万不该离开了母亲。世界上无论什么名誉，什么地位，什么幸福，什么尊荣，都比不上待在母亲身边，即使她一个字也不识，即使整天吃"红的"。

这就是我的"永久的悔"。

一袭旧衣

简媜

我终于心甘情愿地在自己的信仰里安顿下来，明白土地的圣诗与悲歌必须遗传下去，用口或文字，耕种或撒网，以尊敬与感恩的情愫。

说不定是个初春，空气中回旋着丰饶的香气，但是有一种看不到的谨慎。站在窗口前，冷冽的气流扑面而过，直直贯穿堂廊，自前厅窗户出去；往左移一步，温度似乎变暖，早粥的虚烟与鱼干的盐巴味混杂成熏人的气流，其实早膳已经用过了，饭桌、板凳也擦拭干净，但是那口装粥的大铝锅仍在呼吸，吐露不为人知的烦恼。然后，蹑手蹑脚再往左移步，从珠帘缝隙散出一股浓香，女人的胭脂粉与花露水，哼着小曲似的，在空气中兀自舞动。母亲从衣柜提出两件同色衣服，搁在床上，我闻到樟脑丸的呛味，像一群关了很久的小鬼，纷纷出笼呵我的痒。

　　不准这个，不准那个，梳辫子好呢还是扎马尾？外婆家左边的，是二堂舅，瘦瘦的，你看到就要叫二舅；右边是大堂舅，比较胖；后边有三户，水井旁是大伯公，靠路边是……竹篱旁是……进阿祖的房内不可以乱拿东西吃；要是忘了人，你就说我是某某的女儿，借问怎么称呼你？

　　我不断复诵这一页口述地理与人物志，把族人的特征、称谓摆到正确位置，动也不动。多少年后，我想起五岁脑海中的这一页，才了解它像一本童话故事书般不切实际，妈妈忘了

203

交代时间与空间的立体变化，譬如说，胖的大舅可能变瘦了，而瘦的二舅出海打鱼了。他们根本不会守规矩乖乖待在家里让我指认，他们围在大稻埕，而我只能看到衣服上倒数第二颗纽扣，或是他们手上抱着的幼儿的小屁股。

善缝纫的母亲有一件毛料大衣，长度过膝，黑底红花，好像半夜从地底冒出的新鲜小西红柿。现在，我穿着同色的小背心跟妈妈走路。她的大衣短至臀位，下半截变成我身上的背心。那串红色闪着宝石般光芒的项链圈着她的脖子，珍珠项链则在我项上，刚刚坐客运车时，我一直用指头捏它，滚它，妈妈说小心别扯断了，这是唯一的一串。

我们走的石子路有点诡异，老是听到遥远传来巨大吼声的回音，像一批妖魔鬼怪在半空中或地心层摔跤。然而初春的田畴安分守己，有些插了秧，有的仍是汪汪水田。河沟淌水，一两声虫动，转头看岸草闲闲摇曳，没见着什么虫。妈妈与我沉默地走着，有时我会落后几步，捡几粒白色小石子；我蹲下来，抬头看穿毛料大衣的妈妈朝远处走去的背影，愈来愈远，好似忘了我，重新回到未婚时的女儿姿态。那一瞬间是惊惧的，她不认识我，我也不认识她。初春平原弥漫著神秘的香味，更助于恢复记忆，找到隶属，我终于出声喊了她，等我哟！她回头，似乎很惊讶居然没发现我落后了那么远，接着所有的记忆回来了，每个结了婚的农村女人不需经过学习即能流

204

利使用的那一套驭子语言，柔软的斥责，听起来很生气其实没有火气的"母语"，那是一股强大的磁力，就算上百的儿童聚集在一起，那股磁力自然而然把她的孩子吸过去。我朝她跑，发现初春的天无边无际地蓝着，妈妈站在淡蓝色天空底下的样子令我记忆深刻，我后来一直想替这幅画面找一个题目，想了很久，才同意它应该叫作"平安"。

渴了，我说。哪，快到了，已经听到海浪了。原来巨大吼声的回音是海洋发出来的。说不定刚刚她出神地走着，就是被海涛声吸引，重新忆起童年、少女时代在海边嬉游的情景。待我长大后，偶然从邻人口中得知母亲的娘家算是当地望族，人丁兴旺，田产广袤，而她却断然拒绝祖辈安排的婚事，用绝食的手法逼得家族同意，嫁到远村一户常常淹水的茅屋。

我知道后才扬弃少女时期的叛逆敌意，开始完完整整地尊敬她；下田耕种，烧灶煮饭的妈妈懂得爱情的，她沉默且平安，信仰着自己的爱情。我始终不明白，昔时纤弱的年轻女子从何处取得能量，胆敢与顽固的家族权威颉颃？后来忆起那条小路，穿毛料短大衣的母亲痴情地朝远方走去的背影，我似乎知道答案，她不是朝娘家聚落，她朝聚落背后辽阔的太平洋。我臆测那座海洋的能量，晓日与夕辉，雷雨与飓风，种种神秘不可解的自然力早已凝聚在母亲身上，随呼吸起伏，与血液同流。我渐渐理解在我手中这份创作本能来自母亲，她被大洋与平原孕育，然后孕育我。

据说当阿祖把一颗金柑仔糖塞进我的嘴巴后，我开始很亲切地与她聊天，并且慷慨地邀请她有空、不嫌弃的话到我家来坐坐。她故意考问这个初次见面的小曾孙，那么你家是哪一户啊？我告诉她，河流如何如何弯曲，小路如何如何分岔，田野如何如何棋布，最重要的是门口上方有一条鱼。

鱼？母亲想了很久，忽然领悟，那是水泥做的香插，早晚两炷香谢天。

鱼的家徽，属于祖父与父亲的故事，他们的猝亡也跟鱼有关。感谢天，在完成诞生任务之后，才收回两条汉子的生命。

我终于心甘情愿地在自己的信仰里安顿下来，明白土地的圣诗与悲歌必须遗传下去，用口或文字，耕种或撒网，以尊敬与感恩的情愫。幸福，来自给予，悲痛亦然。

母亲又从衣柜提出一件短大衣。大年初一，客厅里飘着一股浓郁的沉香味。台北公寓某一层楼，住着从乡下播迁而来的我们，神案上红烛跳逗，福橘与贡品摆得像太平盛世。年老的母亲拿着那件大衣，穿不下了，好的毛料，你在家穿也保暖的。黑色毛面闪着血泪斑斑的红点，三十年了，穿在身上很沉，却依旧暖。

我因此忆起古老的事，在海边某一条小路上发生的。

本书制作团队有幸得到多方协助，取得本书著作使用权，但终因能力有限，仍有个别作者无法取得联系，在此致以诚挚的歉意。敬请相关作者看到本书后与我们联络，以便奉上稿酬。

图书在版编目（CIP）数据

回忆藏在家乡的味道里 / 沈从文等著. --北京：
九州出版社，2018.1

ISBN 978-7-5108-6658-6

Ⅰ．①回… Ⅱ．①沈… Ⅲ．①散文集－中国 Ⅳ.
①I26

中国版本图书馆CIP数据核字（2018）第033550号

回忆藏在家乡的味道里

作　　者	沈从文等　著
出版发行	九州出版社
地　　址	北京市西城区阜外大街甲35号（100037）
发行电话	（010）68992190/3/5/6
网　　址	www.jiuzhoupress.com
电子信箱	jiuzhou@jiuzhoupress.com
印　　刷	三河市中晟雅豪印务有限公司
开　　本	700毫米×970毫米　32开
印　　张	7
字　　数	149千字
版　　次	2018年4月第1版
印　　次	2018年4月第1次印刷
书　　号	ISBN 978-7-5108-6658-6
定　　价	28.00元